宿舍大逃亡
公路旅行須知
03
Dormitory Escape
火茶 著
-606-

六〇六寢室床位配置圖

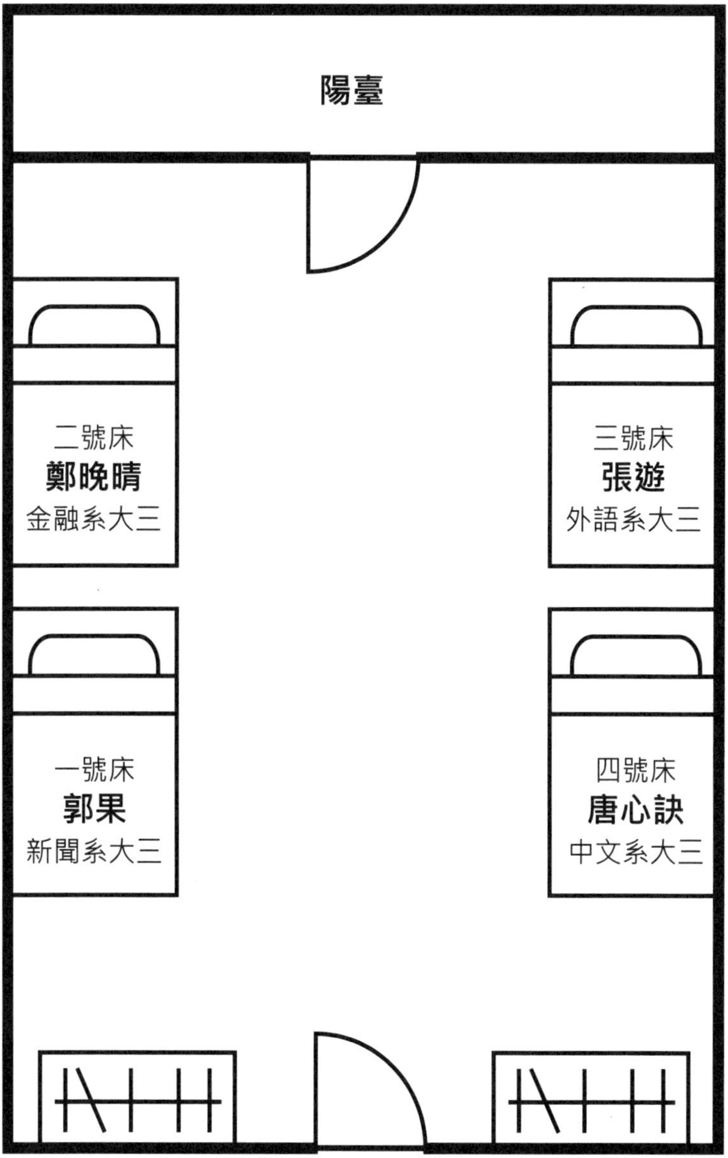

目錄
CONTENTS

第一章　瘋狂星期三

十分鐘後，郭果淚流滿面：「對不起，我毒奶了。」

這一次，四人在抽獎轉盤上全軍覆沒，就連歐皇鄭晚晴都慘遭滑鐵盧。

她們一點積分都沒得到，寢室裡倒是多出一大堆礦泉水和餅乾，還有兩罐珍貴的鹹魚罐頭。

張遊把這些物資全部整理起來，安慰道：「沒事，非酋乃人生常態，看開就好。」

純粹依靠運氣鹹魚翻身，並不實際。她們還是比較適合腳踏實地。

即便如此，看到了新的希望後，鄭晚晴整個人振奮不少。晚上甚至多吃了好幾塊餅乾，一副準備馬上進入新副本努力賺錢的模樣。

唐心訣卻打消了她的想法：「張遊和我商量了一下，覺得明天或許可以休息一天，用來休息和調整狀態，妳們覺得呢？」

連續三場考試，雖然遊戲內只過了兩天，但實際上卻是整整九個不同副本。

她們的喘息時間少之又少，無論是對技能的鑽研，還是對考試的複習，在緊迫的時間追趕下，都只能匆匆帶過。

張遊點頭：「……我也一直沒抽出時間來統計我們的物資和個人資訊。以及，我們現在身體素質雖然大幅增強，卻沒有相應的鍛煉，這使得我們在副本中無法發揮出優勢。」

商城中售賣的道具技能，除了靈異異能類，還有各種身體屬性強化，乃至武術氣功等等。可見未來考試不會只限於靈異副本，她們需要做更全面的準備。

一番商量下，四人達成共識。

張遊找出一個日曆掛在門口，在明天的位置鄭重畫了一個圈。

星期三：休息日。

臨近深夜，睡覺前，幾人又統計了一下現在的資產狀況。

財產最多的依舊是唐心訣，補充一些藥物和防護符後，她手中還有四十五積分，以及將近三十個可以兌換的成就。

這些資產唐心訣並未動用，她有自己的打算，「我想存到足夠的積分，兌換一個精神系技能。」

學生商城內，關於精神方面的技能與道具屈指可數，且每一個都價格高昂，三位數起跳。

但唐心訣有種直覺：這方向是最適合她的。

除此之外，她現在共有一個覺醒異能【馬桶吸盤小兵】、一個自創技能【精神控制】，還有購買的輔助技能【鑑定】、消耗技能【冰錐】。

雖然看起來不少，但嚴格來說，除了馬桶吸盤外，剩下的能力都尚未來得及仔細研究，發揮出它們最大的作用。

室友的情況也很相似，郭果一邊想強化陰陽眼，一邊又擔心沒有自衛能力，只能先跟在張遊後面買防護符，兩人分別存下十積分留作備用。

「唉，錢總是看起來多，花起來快，一不留神就兩手空空。」

郭果癱在床上望天流淚。

四人中，目標最明確的就是鄭晚晴。她一心強化拳頭，賣掉成就後只買了個十積分的醫療包，又向唐心訣借了十積分，傾家蕩產購買了【沙包大的拳頭】。

技能融合，【鐵鍋大的拳頭】升到二級，附著在手臂上的實影延長到三十分鐘，雖然依舊有限，卻讓鄭晚晴非常滿足。

第一波購置結束，眾人拾掇了一下，四人加起來還剩六十五積分，尚有應對突發事件的餘力。

唐心訣忽地提出想法：「其實，我還想購買寢室方面的強化。」

商城的種種道具，除了對應個體，還可以施加在寢室上。

比如，光是寢室門，就有四五種不同的強化模式，最高甚至可以強化到裝甲級別。

陽臺窗、天花板和地面也同樣如此。

在生活用品類中，甚至有自動發電的空調、自動做菜的冰箱，乃至於空間擴張……只不過價格高得讓人想跳樓，以四人現在的經濟實力，只能看著簡介做做夢。

雖然買不了昂貴的，一些基本工具卻可以入手。

唐心訣把看中的物品名稱傳給眾人，「我覺得這些東西非常適合裝點我們寢室。」

眾人看去：【二手釘耙】、【一支大槌】、【倒鉤刺雞毛撣】、【木製狼牙棒】……

「……」

郭果的聲音從被子裡幽幽傳出：「如果以後都買了，我覺得我們可以在門口順便拉個對聯。」

上聯：聚結天下眾豪傑。

下聯：義氣千秋灑熱血。

橫批：梁山好漢！

第二天，清晨的刺耳起床鈴將眾人從沉睡中吵醒。

「還好今天不用考……嗯？怎麼才六點？」

郭果頂著一頭雞窩從床上起來，一臉茫然地看時間，目光驚恐：「我靠！難道我們考試時間從此提前兩小時，變成六點了？」

就算魔鬼高三也不會這麼反人類吧！

唐心訣已經先一步起身下床，走到陽臺窗前。

起床鈴依舊穿透陽臺外的濛濛白霧傳進來，只不過仔細聽卻能聽出，和前兩次的起床鈴有著細微差別。

如果描述的話，只能說今天的鈴聲……更加喜慶？

『叮叮咚、叮咚叮、叮叮咚叮咚——』

約半分鐘後，鈴聲停下，隨之響起的卻不是她們熟悉的童聲，而是語氣誇張的老頭聲音：

『太陽每天升起，只有週三不同——恭喜同學們！』

『你是否還在為阮囊羞澀而苦惱？』

『你是否還在為商城昂貴而悲傷？』

『想收穫從天而降的禮物嗎？想得到你夢寐以求的商品嗎？』

『瘋狂星期三，大促銷時間！』

聲音落下，一切回歸寂靜。只有剛下床的幾人無聲對望。

唐心訣抿起唇：瘋狂星期三？大促銷？

聽起來像是學生商城在搞事。

打開手機，商城果然彈出一則新通知：『為鼓勵全體同學努力學習，本商城將在星期三清晨，即考試開始前兩小時，舉辦「瘋狂星期三促銷活動」！』

『活動分為以下兩部分：一、天降禮品。二、優惠上門。』

『請同學認真等待，熱情參與！』

隨即幾人發現，商城左上角多出了一條「活動進度」欄，一半亮起，一半暗著。亮起的部分，正是「天降禮品」環節。

郭果揉了揉眼睛：「我沒看錯吧？這是要送我們東西？」

遊戲竟然這麼好心？

短暫震驚後，情緒很快轉為狐疑：該不會又是遊戲在挖坑吧？

唐心訣收起手機，看向外面，聲音裡情緒有些複雜：「究竟是不是好事，馬上就會知道了。」

順著她的目光看去，三人睜大雙眼。

窗外的霧竟然漸漸散去！

幾個瞬息，白霧已經退到陽臺欄杆外，也到此為止。外面的世界仍舊被籠罩著，只留下一個陽臺的空間。

她們試探著推了推，陽臺窗竟然成功推開了！滲著涼意的新鮮空氣湧入，反而讓幾人有點驚疑不定。

唐心訣和鄭晚晴率先走出，郭果和張遊殿後。當腳落到陽臺上的瞬間，遊戲降臨以來，幾人終於有了走出宿舍的真實感。

「快抬頭看，霧裡有光！」

隨著室友提醒，幾人抬頭望去，隱隱看見白霧深處有一排紅色字眼。

『天降禮品倒數計時：1:59。』

1:59、1:58、1:57……

時間秒數飛快縮減。

正在這時，右側忽然有響動傳來，伴隨著腳步和交談聲，瞬間轉移了四人的注意力。

——是隔壁寢室！

遊戲降臨前，她們宿舍的陽臺是兩間寢室共用一個，遊戲降臨後也沒變過。只是太久沒和外界聯絡，又被遊戲通知吸引了注意力，剛剛出來時眾人竟沒有第一時間看向隔壁。

現在陽臺可以出入，是不是意味著，她們可以和隔壁寢室聯絡了？

郭果脫口而出：「楊妍她們還在？」

她驚喜地喊隔壁同學的名字：「楊妍！候岑玥！妳們能聽到我說話嗎？」

下一刻，隔壁寢室的落地窗被拉開，幾個女生小心翼翼走了出來。

看到彼此的瞬間，兩邊人同時一怔，愕然道：「妳是誰？」

「妳們是誰？」

兩邊同時脫口而出，臉上的驚喜變為愕然。

從隔壁走出來的四個女生無一不是陌生面孔，對方臉上十分警惕，有一人甚至立即拔出了藏在背後的拖把，以防備姿勢對準唐心訣四人。

郭果嚇得倒退兩步，一隻手及時托住她後心，又安慰般拍了拍她的肩膀——是唐心訣。

將室友攬到身後，唐心訣向前一步，語氣沉靜：「我們是山河A大的學生。」

對方愣了愣，最前面的瘦高女生反應過來：「我是北市師大的……我叫梁靜。」

對面自報家門。

北市？師大？

六〇六寢室這邊有茫然了一下。

從地理位置上看，兩所學校相距一千多公里。怎麼可能忽然出現在隔壁？

唐心訣觀察著眼前的人。語速清晰有邏輯，沒有陰冷和壓迫感，不像是鬼怪或者NPC——更像是和她們一樣的大學生。

她指了指自己身後的寢室，點頭補充道：「我們是河內街宿舍區十三棟六〇六。」

自稱為梁靜的瘦高女生立即回答：「我們是學園街生活區二十七棟，六〇八號。」

好了，現在除了寢室號相對應，其他可以說是毫無關係。

而且，如果眼前這個寢室是真的……那她們原本相鄰的寢室，現在去了哪裡？

對面，捧著拖把的女生忍不住搶話問：「那個，妳們也是被拉進遊戲的學生嗎？」

六〇六四人還未開口回答，唐心訣忽然察覺到什麼，視線轉向陽臺外，同時提醒：

「小心霧裡，有東西。」

紅色倒數計時已經歸零，白霧深處，一陣音樂自天空極高處落下。

不，落下的不僅僅是音樂。

「小心！」

唐心訣一把拉過郭果，張遊也拉著行動不便的鄭晚晴敏銳躲開。

一個黑色的紙盒砸落到圍欄內，搖搖晃晃翻了個身，彷彿充氣般自行鼓脹——然後在

眾目睽睽之下，「嘭」一聲爆裂開！

黑色汁液灑滿四周，散發出刺鼻的惡臭。

見狀，隔壁寢室幾人驚呼一聲，連忙縮回屋內，陽臺立時只剩下唐心訣四人。

這時，手機震動著彈出一則新訊息：『叮咚，天降禮品，正式開始！』

幾人沉默看向地面的黑色不明液體。

你說這個東西，叫禮品？

「無良商家！」郭果憤怒唾棄。

就在這時，又一個黑漆漆的禮物盒從上方極速墜下，好在幾人的體能已經今非昔比，在有所防備的情況下輕輕鬆鬆躲了過去。

這次禮物盒砸到陽臺瓷磚上，並沒像上一個那樣爆開，而是像泄了氣的皮球一樣噗嗤塌成扁扁一團。

綠油油的不明物質從裡面溢出，伴隨濃郁刺鼻的橡膠味。

「遊戲商城到底想幹什麼？」張遊直皺眉。

說是促銷送禮，可現在看起來倒像是在投擲過期報廢商品，該不會把學生宿舍當成垃圾站了吧？

『天降禮品：無數禮品從天而降，你能接住自己想要的那一份嗎？』

唐心訣看著活動介紹，又仰頭觀察籠罩的白霧，思考須臾後抽出馬桶吸盤，讓其他人取出寢室裡所有水盆。

「拿水盆幹嘛，我們不會真的要接吧……」郭果嘀嘀咕咕鑽出來，一抬頭又看見一個盒子砸向唐心訣頭頂：「訣神小心！」

卻見唐心訣並沒躲開，反而快速抬手把馬桶吸盤向上一搆，禮物盒就穩穩盛在了橡膠頭內。

沒有爆裂也沒有漏氣，小巧精緻的紅色禮物盒散發著柔和的光暈。

拆開盒子，裡面是一張玫瑰金卡片：『使用此卡片，你將擁有一次單品8.8折優惠。』

眾人精神一振。

這是真正的禮品！

剛把紅禮物盒收進寢室，新的墜落物又出現在視野裡，看出盒身散發著不詳的黑色氣息後，唐心訣毫不猶豫將它打歪，黑盒子還沒來得及爆開，就重新沒入白霧。

一來二去，幾個回合後，眾人終於明白了「天降禮品」的規則。

這一環節，眾人頭頂的白霧裡會隨機掉下禮物盒，如果是黑色禮物盒，說明是「虛假的禮物」，代表裡面是腐壞物或危險物質，需要趕緊躲避或者打飛。

但如果是其他顏色的禮物盒，代表著「真實的禮物」，可以放心接住領取獎勵。

時間流逝，禮物盒降落的速度與數量不斷增加，好壞混雜，極度考驗她們的動態視力和反應力。

隔壁寢室漸漸看懂了規則，鼓起勇氣拿盆子走出來，嘗試效仿唐心訣幾人接禮物盒。

然而沒過多久，墜落的禮物盒如同密密麻麻的冰雹，隔壁寢室手持拖把的女生一不小心戳破一個假禮物盒，腥綠液體灑滿身，臭雞蛋味頓時蔓延開來。

「嘔！」

郭果也運氣不佳中了彩，差點把自己熏倒在地，而且皮膚觸碰之處，出現刺痛和燒灼感。

「回屋。」唐心訣果斷決定。

回到寢室，陽臺窗一關，劈里啪啦的禮物盒雨伴隨一個又一個炸開的黑色炮彈，幾乎染黑了整面窗戶。

郭果急匆匆找蓮蓬頭清洗身體，唐心訣三人也受了點輕傷，喘息著休息。

但比起傷勢，堆積在地面，色彩各異的七八個禮物盒，更加吸引她們的注意力。

禮物盒一一拆開，裡面的獎勵種類眾多：88打折卡、一次抽獎機會、學生積分*1、零食大禮包……

獎勵不大，堆積起來卻很豐富！

張遊爆發出前所未有的行動力，飛速整理收納獎品時，嘴角忍不住上揚，難得地做夢：「如果每天都有活動就好了。」

為了物資，她願意承受垃圾回收的風險！

過了片刻，外面禮物雨停下，陽臺慘不忍睹。

一個新的倒數計時出現在白霧深處。

唐心訣念出下一個環節的介紹：「下一個環節是『優惠上門』——每個寢室將出現一名專屬推銷員，與他交流，就有機會獲得超級大獎！」

所以下一步，是上門推銷？

和上個環節相比，這個環節顯然更加刺激，「超級大獎」四個字挑動著人的神經。

四人簡單清理收拾一番，正要商討下個環節，陽臺窗忽然被小心翼翼敲響了。

瘦高的女生梁靜歉意道：「非常抱歉打擾妳們，請問有沒有消炎藥膏或者繃帶？我室友許瑋被那些黑盒子裡的東西傷得有些重，但我們寢室的藥已經用光了，如果方便的話……能借一點嗎？」

儘管一再斟酌措辭，梁靜看起來還是十分侷促，並沒報太大希望。

四人對了對目光，張遊從醫療箱翻出繃帶和燙傷膏，「記得先用冷水把傷口沖洗乾淨。」

郭果點頭，伸出手臂：「像我這麼包紮應該就差不多了，雖然我也不怎麼會。」

梁靜喜出望外：「太謝謝了，謝謝妳們！」

向四人重重點頭，她抓緊時間跑回去幫室友上藥。

作為進入遊戲以來見到的第一個「同類」，雙方有心想交流，卻受限於眼下的匆忙而沒時間多說。

轉眼間，霧氣裡的倒數計時再次結束：『叮咚，優惠上門，正式開始！』

幾人立即繃緊神經等待，仔細聆聽外界一切動靜。

推銷員上門，是從走廊走進來，還是像禮品一樣，從陽臺掉落？

一分鐘、兩分鐘……

幾人靜靜等了五分鐘，還是沒聽到任何聲音。

又過了五分鐘，仍舊毫無變化。

「這個環節只限時三十分鐘。」唐心訣起身，皺起眉環視四周，「如果推銷員真的要來，應該不會太晚。」

而且既然規則說了「每個寢室將出現一名專屬推銷員」，那就不會有寢室錯漏。

可為什麼還沒有來呢？

陽臺響起腳步聲，卻不是推銷員，而是梁靜來還藥。

「推銷員嗎？我們寢室也沒人敲門。」梁靜嘆了口氣，顯然對此沒抱希望：「這些好處，遊戲肯定不會輕輕鬆鬆讓我們得到，誰知道它設了什麼難關在裡面，說不定根本沒有什麼推銷員。」

從她的語氣中，眾人聽出一股被遊戲坑到無奈的滄桑。

「妳說得對。」唐心訣忽地點頭，「是我們陷入慣性思考裡了。」

「活動介紹只說，每個寢室都會『出現』一名推銷員，卻沒說它會以什麼形象和形式出現，更沒說它出現時會有提示。」

「假如，它其實已經出現在我們寢室裡，只是我們沒發現呢？」

室友一愣。

旋即幾人意識到，唐心訣說的不無道理。

在她們的慣性思考中，推銷員的形象總與敲門推銷綁在一起，因此先入為主以為對方需要經過她們的「許可」，才能進入寢室。

但如果，「推銷員」根本不需要呢？

順著唐心訣的方向想下去，如果推銷員已經在寢室裡……氣氛頓時隱隱有些悚然。

郭果連忙握住水滴玉墜，「他們該不會能隱身吧？難道是附身？」

「四季防護指南」裡神出鬼沒的遊魂，正是能悄無聲息進入屋內，附身偽裝成人類的代表。

寢室氣氛轉瞬凝重起來，梁靜送藥膏的手僵在空中，眼睛睜大：「啊這，妳們在說什麼？」

不是正在說商城推銷員嗎？怎麼話題突然變成——

眼見寢室開始向恐怖副本的氣氛發展，唐心訣打了個響指，把眾人思緒拉回來：「這倒不用擔心，郭果，妳忘了自己的能力了？」

郭果如夢初醒：「對哦！」

她有陰陽眼在身，就算推銷員真是以鬼怪形態混進來，都會被發現。

「所以，對方應該是實體。既然如此，為什麼我們無法察覺呢……」

唐心訣說著，轉向寢室內部，目光在空間內巡梭，最後定在角落。

「除非……它比我們想像的，要小很多很多。」

桌椅搬動拖行過地面，發出響亮的摩擦聲。

六〇六寢室內，幾人飛快地搜查整個寢室，尤其是被各種設施遮擋的狹小角落。

梁靜吭哧吭哧挪書桌——她也不知道為什麼，莫名其妙就加入了這寢室的搜尋隊伍。

關鍵是，她根本不清楚自己要找什麼，整個人一頭霧水，腦海裡還重播著唐心訣的猜測，仍不太相信：應該不會這麼離奇……吧？

剛搬起書桌的女生動作忽然頓住，瞳孔收縮看向牆角。

梁靜：「我靠！」

聽到喊聲，其他人立即衝上來，視線同時落在牆角，深吸一口氣：「我靠！」

只見角落裡，一個巴掌大小的紅衣服小人正在桌腳下奮力掙扎，紅色獨角帽在頭上一晃一晃，看起來十分無助。被眾人的聲音嚇得一哆嗦，抬起不足拇指大的小腦袋，眼睛像兩個茫然的黑葡萄。

被唐心訣用馬桶吸盤吸出來時，紅衣服小人緊緊抱住橡膠頭坐在裡面。幾人注意到，它胸前有一個小小的彩色雙肩包。

唐心訣把它放在桌子上，聲音溫和：「你就是商城派來的推銷員？」

小人用力點頭，挺起胸前的雙肩包，只見布上縫著一個大大的「惠」字。

眾人：？

優惠上門……原來所謂「推銷員」，竟然是一隻小木偶？

小木偶緊張地扶正頭頂帽子，露出白皙的木製圓腦袋。如果它不做出動作，第一眼會以為是個從貨架上掉下來的娃娃。

梁靜回過神來，「原來是這樣，我先回去了！」

另一隻「推銷員」或許正藏在她們寢室某個角落，現在找說不定還來得及！

陽臺窗被匆匆打開又關上，此時剩餘時間還有十五分鐘。唐心訣不浪費時間，直接問：「既然你是送優惠上門的推銷員，與顧客做交易應該是你的任務，那麼請問，我們要怎麼樣才能得到優惠？」

換句話說，怎樣才能拿到「超級大獎」呢？

小木偶聽懂了，點點頭開始比劃：「咿呀咿呀咿呀！」

「……」

唐心訣挑眉：「你，不會說人類語言？」

小木偶點頭，又搖頭，兩隻手拍自己腦袋：「咿呀咿呀！」

「……」

郭果幽幽開口：「我就知道，遊戲絕不會停止挖坑。」

怪不得活動規則中說「與他交流就有機會獲獎」，一個根本不會說人話的推銷員，要怎麼交流啊！

黑葡萄眼睛怔怔看著四人，小木偶有些著急，用力拍自己腦袋，又指著自己的雙肩包：「咿咿咿呀呀！」

唐心訣仔細看著木偶的舉動，開口：「你雖然不會說話，但是可以聽懂我們的話？」

木偶點頭：「咿呀。」

「那這樣，我們提問你來回答，是就點頭，不是就搖頭，可以嗎？」

木頭想了想，點頭。

「商品在你的雙肩包裡，是嗎？」

「咿呀。」是。

「我們可以得到裡面的商品嗎？」

「咿呀。」小木偶繼續點頭。

但它又馬上搖頭，腿一彎蹲下，手拍拍面前的桌子，又拍拍自己。

唐心訣懂了：「我們要拿出東西來和你交換，你才能把包裡的東西給我們？」

「咿呀！」小木偶鼓掌。

原來是在搞二手回收？

簡單交流完畢，四人確認眼神，立即開始行動：翻出一大堆物品，不管是什麼類型，總之拿出來就對了。

萬一在推銷員的價值評判中，它很值錢呢！

唐心訣用馬克筆在紙上寫出幾個符號，分別為勾、叉，以及一到十幾個數字。

「推銷員先生，請問你的包裡總共有多少商品呢？」

小木偶猶豫幾秒，在五到十這幾個數字間搖擺不決。

似乎它也不是很清楚自己帶了多少商品過來。

「如果一到十來打分，你認為自己包裡的商品值幾分？」

小木偶從一跳到十，高深莫測地環著手臂。

雖然沒有說話，唐心訣卻莫名能讀出裡面的意思：它帶來的東西價值良莠不齊，能得到多少，就要看她們四人的本事了。

幾分鐘後，口紅、保溫杯、梳妝鏡、護膚霜相繼被踢飛在地。

木偶雙手背在後面，一副巡邏的模樣，看到不喜歡的東西就搖頭踹開。沒多久桌面空空如也，各種東西掉了滿地。

郭果哀號：「這支口紅是我的生日禮物！我一次都沒用過呢！還有未拆封面膜，價值整整四位數啊！」

木偶氣哼哼的，攥緊背包背帶，轉向牆角拒絕溝通。

很顯然，它覺得這間寢室做交易不真誠，總拿它不喜歡的來糊弄。

眾人一籌莫展，她們已經先後試過了從商城裡買的道具、副本裡的收音機，以及她們在現實世界購入的各種昂貴珍藏，統統被否決。

唐心訣轉換方向：「那你覺得這間寢室裡，有什麼你感興趣，認為價值不錯的嗎？可以自己找一找。」

木偶抬起頭，小眼睛露出「恍然大悟」的表情，立即坐到馬桶吸盤上，在唐心訣的幫助下環遊寢室。

「咿咿！」饒了一整圈，小木偶突然喊停，跳下去跑到郭果的書桌上，奮力拖拽一本書——是郭果的《周易》。

見狀，幾人試探著問：「你覺得這本書可以換你的東西？」

小木偶咿呀點頭，然後美滋滋低頭要打開自己的雙肩包，不料卻被唐心訣阻止。

少女看起來溫溫和和好說話，追問卻比子彈還迅速：「我們總共能從你這裡交換多少樣商品？」

小木偶愣了愣，嘴巴癟成一條線，不情不願地挪動身體，站在「1」上。

「如果收了你的東西，能退回重新交易嗎？」

「……」

木偶慢吞吞走到「叉」的位置。

張遊反應過來：「我們剛剛差點被它坑！」

推銷員的商品很多，卻只能和學生交換一個。一旦推銷員拿出東西，交易達成，眾人就無法再兌換其他物品了。

如果《周易》的價值不高，那麼她們無疑錯過了更好的商品。

沒想到這個推銷員看起來不太聰明，坑起人來心思卻不少。

小木偶氣哼哼指著鐘錶，咿呀不停。

只剩最後五分鐘了，到底還要不要做交易呀！

唐心訣反應果斷：「找書，所有的書！」

不到一分鐘，一大摞書差點把小木偶淹沒，從名著到街邊文學，從古代文獻到教科書，郭果甚至貢獻出自己私藏的小黃書，等著推銷員判定。

小木偶艱難地從裡面翻出幾本：《周易》、《莊子》、《三國志》、《資治通鑑》……還有一本《唐詩宋詞五百首》。

全是古代文獻相關。

把這些加起來，小木偶勉強給了六分評價。

鄭晚晴捧著滿滿一摞文獻資料，對木偶反向推銷：「你看，這是我寫論文特地網購的英文原版文獻，這是我熬夜通宵複習的列印資料，你看上面的曲線，多麼優美……」

對方不堪其擾，匆匆打開雙肩包，抖出一個黑色袖珍卡片。

而後隨著活動倒數計時歸零，小木偶和幾本選中的書同時「砰」一聲消失在空氣裡。

沒能再薅點羊毛，幾人有點可惜，不過旋即把注意力落在卡片上。

「這卡片是……」

郭果好奇地伸出手，還沒碰到就驚呼一聲縮回：「等等它怎麼變大了？」

四雙眼睛注視下，桌面上的「黑色小卡片」飛快變大，數十秒間竟然擴大了幾十倍，形狀也越發清晰——

等它終於停止變化，安安靜靜待在桌面上，幾人不約而同睜圓眼睛。

擺在她們面前的，是一部長六十多公分，寬四十多公分的，三十二吋液晶電視？

第二章　電視機

「……這是，電視機？」

郭果目瞪口呆。

以小木偶雙肩包的微小程度，她們本以為會是打折卡或者技能卡片。沒想到竟真的是「冰箱、電視、洗衣機」這種推銷商品。

很快，鑑定術確定了電視的真實性：『這是一部全新的液晶電視，至少從表面上看是如此。當然，如果顧客因某些不滿意而試圖退貨——你會發現這是不可能實現的事情。』

短暫沉默後，唐心訣用馬桶吸盤戳了戳電視螢幕，提示出現：『是否將該電視機放入寢室內？放入後，它將與寢室綁定。』

郭果用檢測儀和吊墜先後試了試，搖頭：「沒感受到危險。」

張遊則在商城中找到了一模一樣的電視：『王吉吉牌液晶電視：高清大螢幕多頻道，早買早賺可升值！』

——無論如何，至少現在看起來是個好東西。

抱著好奇心，四人確認綁定。下一瞬電視從書桌上消失，出現在寢室門上方牆壁上。

唐心訣道：「看我們手機。」

只見【宿舍生存專用ＡＰＰ】的主畫面多出一個圖示，點進去便出現如遙控器一樣的畫面，可以調整頻道、音量和開關。

郭果喃喃自語：「我沒想到在寢室裡安裝電視這個願望，竟然在遊戲裡實現了。」

幾人剛要打開電視看看，卻被從陽臺傳來的敲門聲打斷。

梁靜帶著隔壁寢室幾名女生站在窗外，露出有些緊張的微笑。

「請問，我們可以進來嗎？」

邁入六〇六寢室，四名女生有些詫異地睜大眼睛。

已經來過一次的梁靜還好，反應最大的則是一開始拿著拖把戒備，又被黑禮物盒燙傷的女生。根據梁靜介紹，女生叫許瑋，雖然攻擊性很強，但卻是四個人裡面除了梁靜之外，精神看起來最好的一個。

剩下兩個女生臉上掛著憔悴，垂頭喪氣地跟在後面。

許瑋一進門就忍不住說：「妳們寢室看起來真完整！」

「完整」這個詞是她脫口而出的形容，十分真誠地感嘆。

見唐心訣幾人有些不明所以，梁靜苦笑一聲解釋道：「一時間說不清楚，如果妳們看見我們寢室，就會明白了。」

跟著她們進入隔壁寢室，看見眼前場景的六〇六四人不禁駐足，面面相覷。

梁靜的寢室和她們寢室的構造並無太大差別，同樣是上床下桌四張床鋪，連大小也別無二致。

然而一道巨大裂痕從靠陽臺的床中間劈開，一直蔓延到門旁。原本雪白的牆壁變得斑駁破爛，被擋板、床單和衣服勉強填補堵住，卻依然能看見遮擋物下已經凝固的猩紅色。

梁靜嘆了口氣：「這是源自遊戲降臨的那個晚上……」

那一天，梁靜四人正好全部待在寢室裡，正因忽然緊鎖的門窗和詭異通知聲恐慌不已，門口忽然響起了舍監的敲門聲，說帶了保全過來，讓她們開門查看情況。

「我們來不及有疑問，連忙開了門。可誰想一打開門，外面根本不是舍監阿姨，而是一團看不出人形的血紅色怪物。」

怪物向開門之人撲來，還好梁靜正巧站在門內側，聽到驚叫直接推門關上。可怪物還是擠進了一部分，一進屋內就化成一灘液體瘋狂擴散。

「當時我們想盡了所有辦法，最後發現，只要通知聲一出現，它就會向門口縮去，等通知聲結束了才會繼續擴張。」

於是四人趁著通知聲出現時，把一部分紅色液體鏟到陽臺窗邊，紅色怪物果然尖叫起來，最終在巨大爆裂聲中灰飛煙滅，不過也同時炸毀了兩張床鋪和一面牆。

梁靜看向一名十分沉默的室友：「小安的腿，還有我的手臂，也在那個晚上留下了傷，一直無法痊癒。」

得知唐心訣幾人也遭遇了類似的情況，梁靜若有所思：「我當時只以為是我們運氣不好，現在看來，更像是所有寢室都會經歷的考驗……宿舍生存遊戲，它難道將全國所有宿舍都拉進這場遊戲裡嗎？」

兩個不同城市且八竿子打不著，成員也完全陌生的寢室，竟然突然成為鄰居，從物理意義上來說，這是不可能出現的情況。

「但如果此時，我們都在同個異次元空間裡，一切都說得通了。」

梁靜嚴肅道：「被困在寢室這幾天，我們嘗試一切與外界聯絡的方法。最終發現，只有在每天通知聲出現時，手機和電腦的訊號才會有輕微變化。」

難道通知聲來自現實世界？

又或者來自另一個更加詭譎的異次元？

她們無從確定，只能暫時將這現象記錄下來。

聽完梁靜的講述，唐心訣捕捉到一個問題：「妳們這幾天沒有參加考試嗎？」

「考試？」梁靜幾人對視一眼，異口同聲驚訝道：「妳們已經參加考試了嗎？」

「……」

在梁靜幾人的補充下，六〇六四人才知道，原來她們只經歷過一次「宿舍文明守則測試」，然後再也沒點開過考試畫面，一直在休養生息。

同樣是文明守則測試，兩間寢室的「測試內容」十分相似。只不過梁靜的寢室是要幫一個名叫小綠的女生解決煩惱：幫助她找出合心意的美容配方。

可最後她們發現，小綠想要的美容配方，需要用人類的血液、牙齒、眼睛和內臟來調配！面對日日來索取催促的小綠，幾人只能每晚躲在床帳裡裝死，忍受小綠在寢室裡大肆破壞。幸好在躲了整整七天後，幾人奄奄一息之際，考試宣布她們已經「友好相處一段時間，符合文明守則要求」，這才驚險通關。

「那場測試留下的心理陰影太大了。所以到現在我們都沒做好開啟下一場考試的準備。」

梁靜搖搖頭，「但我們也知道，這樣是行不通的。」

如果一週內沒通過任何一場考試，整個寢室就會被淘汰。逃避不是解決辦法。

談到這裡，六〇八寢室四人均有些低迷。不過許瑋很快就打起精神道：「本來我們以為再也不會見到其他人了，但是看到妳們寢室後，這個想法改變啦！」

一個已經參加過考試，卻依然全員存活的寢室，對她們是莫大的鼓舞。

當然，對於六〇六四人來說同樣如此。遇到同樣身分，可以溝通交流的人，讓她們終於感覺自己不是活在一座孤島，注入一份希望。

雙方還想再聊，唐心訣卻忽然察覺到什麼，轉頭看向窗外。

梁靜與張遊同時轉頭，神色一變：「外面的霧！」

乍一看沒什麼變化，但仔細看卻能感受到，白霧正在以肉眼可見的速度從圍欄外湧入，不用多久就會重新填滿窗外。

郭果大驚失措：「我靠！我們還沒回寢室呢！」

唐心訣和室友對視一眼，當機立斷：「快走！」

誰也不知道當白霧淹沒陽臺，她們還能不能打開落地窗，如果被迫滯留又會發生什麼——她們必須以最快的速度，趁陽臺還在時回到自己的寢室！

推開落地窗，霧氣中的凜冽寒意撲面而來，逼得眾人倒退一步。

每人攥著一張防護符，咬牙鑽出去。張遊最前，晚晴和郭果中間，唐心訣殿後。四人緊貼陽臺牆面，盡可能以最快速度前進。

察覺到有人，霧氣驟然翻滾起來，滲入陽臺的速度明顯加快。

儘管她們小心翼翼，身體仍免不了被白霧觸碰，只聽一聲輕響，四人手裡的防護符無風自燃！

觸碰的瞬間，即是被攻擊。

張遊加快腳步到自家寢室窗前，單手拉發現拉不動，立即改為雙手用力推，臉色發白：「我推不動它！」

難道窗戶重新封鎖了？

郭果衝上去和她一起推，使出吃奶的力氣，窗戶才勉強推開一條小縫。還不夠一條腿伸進去，她急急喊道：「怎麼辦啊，這窗戶好像又要往回縮了！」

鄭晚晴手不方便，唐心訣立即換位搶步上前，吸盤的橡膠頭插進開口，堪堪卡住玻璃窗。隨即利用馬桶吸盤的堅韌特性把牆角當支點，窗戶一點點被推開。張遊和郭果在旁邊一鼓作氣，終於推出了可容納一人通行的空隙。

唐心訣換手固定窗戶：「妳們先進。」

三人飛快鑽入，唐心訣剛收起馬桶吸盤，隔壁寢室忽然傳來呼喊，是許瑋的聲音：「等一下，接住這個！」

手上纏著紗布的短髮女生冒著危險露出頭，往她懷中扔了一包東西：「謝謝妳們給我藥……」

接住東西，唐心訣不再猶豫彎腰鑽入寢室。在霧氣徹底撲上來，窗戶關合的前一瞬，還能聽到隔壁寢室傳來許瑋的喊聲：「要活下去！好好活下去！」

白霧籠罩窗外，陽臺輪廓消失，世界重新回歸混沌寂靜。

幾人試探著呼喊隔壁寢室，卻沒再收到任何回應。與外界短暫的聯絡就這樣被割斷，寢室又回到了與世隔絕的狀態。

『叮咚咚、咚咚叮——』

『快樂星期三，上課時間到，考卷已分發，大家準備好——』

『親愛的同學們，你們今天有努力學習嗎？』

熟悉的鈴聲從窗外傳入，唐心訣打開手機，時間正落在早上八點。

從早上六點的「瘋狂星期三促銷活動」開始到現在，正好過了兩個小時。看來這是整場活動的時限。當八點整到達，考試會正常開始。

與隔壁寢室的交流，亦限制在這短短兩個小時之內。如果去掉她們忙於應對活動的時間，真正與梁靜幾人的交流只有半個小時。

郭果癱在椅子上嘆氣：「實在是太短暫了，再多給半個小時也行啊。」

鄭晚晴揮舞著唯一一隻手大聲鼓舞：「至少這次相遇證明，正在遊戲中奮鬥的不只我們，還有很多很多同胞！大家雖然無法見面，但相信這只是暫時的，只要我們活得夠久，一切皆有可能！」

張遊點點頭，「晚晴說的對。我覺得既然會有這場活動，代表遊戲應該不會永遠將我們封閉在這裡，或許以後會有更多機會。」

靜靜聽著室友的交流，唐心訣垂眸看向掌心，防護符已經燃為灰燼。

僅僅接觸一點點白霧，便消耗了四張防護符。如果直接置身白霧中，四人身上全部的防護道具加起來，可能撐不過五秒。

寢室，對現在的她們既是一種囚困，同時也是一種保護。

她輕輕將灰燼倒進垃圾桶，道：「一切的前提是，我們要活下去。」

就像鏡中有鬼副本中小紅所說的，她們要通關、變強，成長的速度超過危險降臨的速度，這樣才能活到最後。

「不過在此之前，」唐心訣揚起一抹笑意，「為了慶祝今天休息，我們要開一個罐頭嗎？」

經過後勤部長張遊的批准，幾人最終從寢室物資中開了一個鹹魚罐頭，把兩罐牛奶分為四份，當做難得的慶祝餐。

「還有這個。」唐心訣拿出許瑋扔過來的袋子，裡面是兩包麻辣雞爪。

郭果忍不住吸口水：「我的口水已經開始分泌了。」

她們原本的食物早就吃光了，現在存糧全靠商城抽獎累積。又捨不得花大量積分去買，於是只能啃餅乾喝礦泉水，沒有選擇餘地。

一包零食，對於現在的四人來說是難得的美味。

準備好食物，幾人圍坐在一起吃早餐，同時充滿好奇地打開了新電視。

雪花在黑色螢幕上閃了兩下，旋即蹦出一個大大的笑臉圖案：『家電認準王吉吉，每天都有好心情！』

下一秒螢幕切換，一張慘白且沒有鼻子的臉填滿整張螢幕，兩道鮮血從眼角流下，凸起的眼球惡狠狠貼著螢幕，彷彿在瞪著螢幕外的人。

「咳咳咳！」郭果咕嚕咽下嘴裡的東西，劇烈咳嗽起來。

謝謝，好心情全沒了。

幾人反射性就要彈起來，又看見螢幕內慘白鬼臉微微一動，兩張紫黑色的唇瓣上下一碰，口吐人言：『接下來請收聽今日播報……』

眾人：「……」

她們眼睜睜看著無鼻鬼臉漠然抹掉臉上的血淚，開始一板一眼播報新聞：『前日，三本大學一名老師公開表示，他主講的必修課「四季防護指南」收到了惡意檢舉。這嚴重影響到他晉升二本大學教師的申報計畫，現已對教育中心提出申訴，並宣稱一定要找到目無王法的檢舉者，讓對方受到法律懲罰。』

讀到這句，無鼻鬼頓了頓，聲音有一絲不解：『可是據我所知，我們大學城從來沒有頒布過任何法律，怎麼讓人受到法律懲罰呢……』

螢幕裡「叮」一聲，似乎在警告它。無鼻鬼果然閉嘴，老老實實讀下一則：

『二本大學已經於前日修繕完畢，歡迎同學申報光臨。』

『一本大學裝潢團隊宣稱二本大學抄襲了他們的設計項目，包括地獄、孟婆橋、噩夢深淵等景點，已經向教育中心提出強烈抗議。』

『播報補充：雙方裝潢團隊已於一小時前在三本大學門口狹路相逢，大打出手。』

『播報再補充：雙方已被拘留。』

『播報再再補充：三本大學已提出賠償申請，宣稱他們校門受損，唯一一個暖氣工人也在路過時受到波及，正在搶救。』

『收到通知，供暖氣工人搶救失敗，三本大學四季再次失調，預計多門課程受到影響……』

無鼻鬼的播報終止於三本大學的慘烈損失。轉而進入下一個版面：

『本日民生版：無。』

『本日學生教育版：無。』

讀完，無鼻鬼愉快地鬆了口氣，兩行鮮血又流了下來：

『歡迎大家向本頻道踴躍投稿，本日大學城新聞播報到此結束，即將開始重播。』

沙啞難聽的結束音樂響起，螢幕在無鼻鬼伸出八隻手收拾稿件時跳轉，又回到了最初鬼臉貼螢幕的狀態。

看完一場新聞節目，寢室陷入沉默。

張遊張了張嘴，似乎有千言萬語，卻不知道該說什麼，只能轉頭看向唐心訣。

唐心訣不知何時撕了張紙奮筆疾書，將新聞內容全部記了下來，包括最後的頻道熱線。

看到她拿起手機，眾人驚悚道：「妳要向這個節目投稿？」

唐心訣搖頭：「試驗一下規則。」

撥通號碼，對面響起沙啞的聲音：『您好，這裡是大學城新聞投稿熱線，僅接收教育相關投稿、民生相關投稿、學生相關投稿，不接受任何投訴。』

唐心訣想了想：「投稿有要求嗎？」

『你是學生嗎？投稿需支付五十積分，話費另算。』

「謝謝，打擾了。」

果斷掛斷電話，四人面面相覷。

很明顯，在剛剛的五分鐘裡，她們接觸到一個超出當前認知的新世界。

說是陌生，又和她們在遊戲裡的經歷息息相關。

郭果小聲開口：「『四季防護指南』的檢舉？這個好像是……我們做的吧？」

看起來，她們好像在無形之中，得罪了一個教師級別的ＮＰＣ？

唐心訣點頭：「沒錯。它還講了一本、二本和三本大學，這與APP顯示的規則相同。只是……」

只是從無鼻鬼的反應來看，這幾座大學並不是一種「概念」上的存在，而是真實存在的建築？

——如果按照她們所處的級別，那麼此刻窗外，隱藏在茫茫白霧中的，會是「三本大學」的真面目嗎？

太多疑問隨著資訊一起砸上來，幾人又看了遍重播。發現重播之後還是重播，這個頻道似乎只有這一個節目，並且有無限重複一天的趨勢。

於是她們轉到了下一個頻道。

一片黑。

再下一個頻道。

還是一片黑。

再向下，螢幕又跳回了第一個新聞節目，無鼻鬼一邊冷漠播報一邊流血。

「……」

這就是商城宣傳語裡的「高清大螢幕多頻道」？

「總共只有三個頻道，還有兩個不能看。」

鄭晚晴勃然大怒：「奸商啊！」

幸好這是她們在活動裡賺的，不是花錢買的，要不然要心疼死。

等到她們吃完早餐，再轉到第二個頻道，發現螢幕出現變化。

電視中出現一個綠幕舞臺，臺上站著兩個人身魚頭的生物，從衣服分出是一男一女，手裡拿著麥克風，魚鰓一動一動：

『各位親愛的觀眾，節日快樂，歡迎來到大學城節日限定聯歡舞臺！』

『一年一度的新生入學節開始了。相信三天前的新生入學慶典還讓大家意猶未盡。但是沒關係，從今天開始，聯歡舞臺將在每週三為大家送上精彩表演！』

隨著兩個魚人的報幕，綠幕變成草地，一個一身紅裙的小女孩跑上臺，雙手緊張地捏在一起：『大家好，我叫小、小紅帽。接下來由我為大家表演舞蹈。』

然後她抬起一條腿開始原地轉動，越轉越快，一不小心沒收住，把整個腦袋甩了下來。

只見腦袋在空中越飛越高，離螢幕越來越近——

「撲通！」

小紅帽的腦袋穿過螢幕，掉進了寢室裡。

正在好好看電視的四人：「……」

小女孩的腦袋茫然地轉動兩下，意識到自己掉進觀眾屋子裡後，不知所措地張了張嘴，下意識蹦出一句：「節、節日快樂！」

第三章　公路旅行須知

「……」

面對祝福，幾人感受不到節日快樂，更多的是心肌梗塞。

這算什麼？舞臺事故？突然襲擊？天外飛頭？

唐心訣無聲地抽出馬桶吸盤，揚起溫和無害的微笑：「妳好，請問有需要幫助的地方嗎？」

看著散發不詳氣息的馬桶吸盤，小紅帽感覺頭頂一涼：「……」

她扁了扁嘴，忍住眼眶裡的淚水，努力讓頭滴溜溜旋轉起來，頭顱起飛，重新鑽入電視螢幕，回到呆愣的身體上。

舞臺上的小女孩扶正腦袋，淚眼汪汪道歉：『對不起，我第一次在舞臺上表演，不小心失誤了。』

哭著哭著一激動，剛裝好的腦袋又咕嚕嚕掉了下來，在地上嗚嗚哭。

一個髮色火紅畫著大煙燻妝的非主流少女跑上臺，一手拎起小紅帽的頭，一手扶著小紅帽身體，對臺下鞠躬道歉：『哈哈哈大家見諒，這是我司旗下藝人小紅帽首次表演。如果大家喜歡這段表演，請關注過段時間舉辦的大學城首屆一〇一選秀，為小紅帽投出寶貴的一票！』

在兩個漆黑鬼影上來趕人前，非主流少女飛速從口袋裡抓出一把花花綠綠的紙片往外撒：『一定要來支持我們啊！最好來現場！等小紅帽紅了你們就是開山老粉……請你們吃飯！』

隨著她們被推走的背影消失，紙片穿透電視螢幕，悠悠落到唐心訣手上。

——歲朝娛樂，歡迎您的關注！

紙片上字跡放蕩不羈，看起來像是用筆臨時寫的，充滿廉價不可靠的質感。既像是名片，又像是一張邀請券。

至於比賽地點，出了螢幕就變成一團模糊的亂碼，難以看清。

再抬頭看電視，舞臺已經空空如也，兩個魚人腳步輕鬆走上臺：『今天的聯歡慶典到此結束，感謝大家觀看！』

整個慶典只有一場表演？

黑幕落下，頻道節目表彈出——原來全天只有這一個節目。

為「大學城居民」貧瘠的精神娛樂生活短暫鞠了一捧同情淚，幾人很快將注意力轉移回當前獲得的資訊上。

沙沙聲響了幾分鐘後停止，唐心訣抖抖筆尖，撕下一張筆記。

「如果我們現在所處的世界，以及一切可接觸的資訊濃縮為一張圖，那麼它應該是這樣的。」

順著唐心訣的筆尖，結構從「宿舍生存遊戲」向外輻射，分為一本、二本和三本大學。

四顆腦袋聚在紙前，聚精會神地看。

「受限於我們現在的等級，只能接觸到一部分考試。」

一本和二本後被打了兩個問號，結構集中在「三本大學」區塊。

唐心訣繼續道；「目前來說，升級的唯一管道就是考試和比賽，考試科目屬於大學內設課程，內容則由副本和鬼怪NPC組成。」

「有一些考試，當我們進入後，會發現我們的寢室成為副本的一部分。而這時，考試背景通常都處於『三本大學』內部，也可以說是遊戲中的現實背景。」

例如《宿舍文明守則》和《四季防護指南》，她們接觸到的鬼怪NPC多半是校內身分。如小紅，原本應該是三本大學的一名學生。但後來轉職到《經典電影鑑賞》內，就成了洗手間鏡鬼。

「《經典電影鑑賞》這種電影，就像是遊戲世界中的裡世界。裡面的鬼怪NPC更加凶殘，殺傷力也更大。」

頓了頓，唐心訣沉吟道：「按照這差別，可以暫時類比為私人企業與公務員。」

私人企業普遍加班內鬥嚴重，麾下員工攻擊性強。而公務員相對佛系，只要不出重大失誤就工作穩定，旗下ＮＰＣ們則受規則限制較大。

郭果三人：「……」

還能這麼比喻？

張遊想了想，嘗試道：「那麼難度越高的考試，鬼怪ＮＰＣ實力也越強，可以視為職位等級越高嗎？」

說起來，她們第一次對遊戲中的學校有模糊認知，還是在《四季防護指南》這個被她們誤入的Ａ級考試裡，首次接觸到學生會、暖氣工人……乃至收割者。

在唐心訣的筆記中，三條分支最後重新匯聚，連接到一個名字上：大學城。

「從現有資訊看，遊戲裡的『大學城』，是一個和現實有幾分相似，卻更加吊詭的概念。」

它有三座大學、無數ＮＰＣ居民、一座商城，甚至還有專門的電視臺和娛樂公司。

學生們被迫進入其中，成為其中一員，卻又要面對危機四伏。

考試勢必會越來越難，如果想活下去，那麼此刻她們掌握的資訊，無論來自Ａ級副本還是電視，都有著難以衡量的價值。

看完筆記，郭果幽幽嘆了口氣：「不知道為什麼，我現在明明知道更多，卻感覺更糊塗了。糟糕，難道我被大小姐傳染了？」

鄭晚晴：「看看我們的成績差距，妳以為妳智商比我高？」

她是莽撞，又不是弱智！

郭果不服：「好漢不提當年勇。再說，我當初是沒有好好讀書，不能因此鑑定智商。」

鄭晚晴：「哦，那妳為什麼不好好讀書？」

郭果：「我那是……」

眼見兩人又一言不合偏離話題，張遊無奈地看向唐心訣。

唐心訣把筆記貼在門上，淡淡道：「再吵的人晚上沒有麻辣雞爪吃。」

世界安靜了。

整理好當前情況和心態。四人在有限的寢室空間裡，進行肢體和反應訓練。

鄭晚晴以前鍾愛健身，買了啞鈴、彈力帶、小型沙包等工具。現在她沒了右手臂，只能先練習一隻手生活行動，順便把工具全部塞給郭果，督促她練習肢體力量。

郭果不到一小時就開始哀號，「救命啊大小姐，我真的沒力氣了！」

鄭晚晴嚴格糾正：「按照生存APP上的資料，妳四維屬性是普通人的兩倍左右，完全可以承擔這種程度的體力消耗。之所以感覺困難，是因為妳還沒有正確認識自己的力量，無法把屬性完全發揮出來，懂嗎？」

「妳別不信，我可以陪妳對打試驗，」鄭晚晴認真地說：「我讓妳一隻手。」

郭果：「……」

這邊苦哈哈訓練，唐心訣和張遊也沒閒著。

唐心訣在幫張遊研究適合的武器，然而滑到價格時，就被後者以肉痛的表情通通否決。

唐心訣：「如果妳以後繼續打野，所處環境只會越來越危險，沒有武器怎麼活？」

張遊凝重思索：「……我可以跑？」

雖然攻擊上缺少武器，但她對自己的遊走和逃跑能力還是有自信的。

「……」

最終，唐心訣用兩人積分合買了一個價格三十的【危險傳喚器】。一旦張遊四周危險過高，唐心訣就會立即收到提示。

「不過往好處想，或許我們開啟了這個『偏科輔助計畫』以後，下次定位就換了。」

唐心訣開玩笑道：「輸出職業考慮一下？」

張遊：「……謝謝，我還是打野吧。」

一整天的練習結束，到了晚上，幾人切了塊麵包當晚餐，飽餐一頓後開始做最後準備。

唐心訣取出上一場考試結尾帶出的幾縷小紅頭髮。

黑色頭髮雖是死物，她卻仍能感受到上面縈繞的鬼怪陰冷氣息。

把頭髮扔到橡膠頭裡，馬桶吸盤飛快吃了下去。

過了半晌，唐心訣微微皺眉。

這次好像有些不同。馬桶吸盤雖然吃了東西，卻沒給出任何反應——既沒有將頭髮吐出來，也沒有出現新的骷髏標誌。

她搖了搖吸盤，按下噴水按鈕，過了半天，橡膠頭才慢吞吞吐出一小股水流。

異常感更明顯了。

最後，唐心訣讓室友堵住耳朵遠離，手持馬桶吸盤向下一劈，使出了【鬼怪的尖叫】。

伴隨直竄天花板的淒厲尖叫聲，一大股勁風從橡膠頭中竄出，掀翻椅子後同尖叫聲一起消失。

「噗。」

馬桶吸盤慢吞吞吐出一股水流。

這下不只是唐心訣，其他人也意識到不對。

幾人慢慢靠攏過來，臉上寫滿震驚：「怎麼回事，馬桶吸盤出問題了？」

唐心訣嘴唇緊抿，點了點頭。

直到第二天清晨，唐心訣也沒能找出馬桶吸盤的問題。只能確定它應該是因為吃了小紅的頭髮，才出現異常狀況。

好在它的大部分能力依然能夠使用，只是會出現反應遲緩或者效果短暫等問題。

將這部分疑慮暫時按下，唐心訣看向手機螢幕。她們要選擇新的考試了。

『請從以下考試內容中選擇一項，倒數計時：十五分鐘。』

『A卷：《公路旅行須知》。』

『B卷：《喪屍圍城之宿舍生存試驗》。』

『C卷：《考古從挖墓開始》。』

三個C級考試，哪個看起來都不像善類。

「喪屍圍城是以前出現過的考試吧？」

張遊辨認出熟悉的選項，「原來已經出現過的，如果我們沒有選擇，還可以出現第二次。」

可惜毫無疑問，這次她們依舊會直接PASS。

果然一輪投票後，喪屍和挖墓全部出局，只剩下《公路旅行須知》。

「往好處想。」鄭晚晴照例鼓舞士氣：「說不定我們可以在考試裡免費來一場公路旅行呢！」

她們以前曾幻想過畢業來一場公路旅行，沒想到沒等來畢業，反而等到了遊戲。

「那就走吧。」

唐心訣按下確認鍵，四人握住彼此的手。

「考試結束，我來做麻辣雞爪拌優酪乳。」

無論發生什麼，經歷什麼，沒有什麼比她們考試結束還能完完整整坐在這裡更重要。

郭果忽地意識到：「等等，這難道不會拉肚子……」

話音淹沒在洶湧而來的黑暗中。

當唐心訣睜開眼，一陣微弱刺痛感鑽入腦海。

忍耐住腦中痛感，環顧四周後，唐心訣發現自己坐在一輛敞篷車的駕駛座上，一張地圖放在方向盤上。

除此之外空無一人，沒有任何室友的身影。

拿起地圖，一張便條紙掉了下來，上面寫著：

請你把這盒特產送到瑪雅斯奶奶家，作為報酬，這輛車可以借給你玩一天。車的油很充足，只是導航系統壞了，只能麻煩你用地圖認路。記得在天黑之前將東西送到，它對瑪雅斯奶奶非常重要！

驚嘆號畫的很重，強調出這句話的重要意義。

副駕駛座上放著一個紫色禮物盒，紅色封條在開口處打了叉：它不該被除了瑪雅斯奶奶外的任何人打開。

唐心訣將便條紙放在禮物盒上，打開地圖，上方顯示出這是一條環形公路。

仔細看了一遍，唐心訣目光微沉。

這張地圖上，並沒有任何「瑪雅斯奶奶家」的標記。

相比起簡潔，用簡陋來評價這張地圖更合適。

上面只簡單勾勒出了公路輪廓，附加幾個如「快餐店」、「咖啡店」、「加油站」等標誌。除此外都是空白。

乍一看紙上粗糙隨意的線條，說是幼稚園小孩的作品都有幾分可信度。

敞篷車四面透風，透過車窗看去，這裡正處於一條公路的中間，左面靠著望不見頂端的山壁，右面是渺茫的霧氣，前面望不到盡頭。而後面……

唐心訣開門下車確認，雙眼微瞇。

後方是斷裂的懸崖。

公路彷彿被切割開來，霧氣從塌陷處升起，讓人看不清另一端的模樣。路邊立著一根指示牌，上面畫了一個前行的標誌。

標誌下方寫著：城外公路。

唐心訣閉上眼，讓識海裡的感知力擴散開，然而在接觸到霧氣時，尖銳的刺痛感忽然大盛，逼得她不得不放棄感應。

這股刺痛感是哪來的？

她緩了幾秒，沉眸打開手機，查閱自己的身體狀況。

健康值滿分，四維屬性和自創技能顯示正常，沒有Debuff。

『精神控制（一級）：控制的第一步就是自控。』

連精神控制都無法遏制識海裡的痛楚，明明並非來自外界的攻擊，卻又找不出來源……

唐心訣靜靜感受半晌，揉了揉眉心回到車內。

『滴……對不起，當前區域訊號不足，呼叫失敗。』

無法聯絡室友，唐心訣將注意力轉回當下。

前方路面還算開闊，她估算了一下自己的駕駛技術，差不多能開下去。

踩下油門，車在公路上緩緩開動。

本以為這會是段很長的距離，沒想到連十公尺都不到，兩邊霧氣陡然散去，路邊出現了繁茂的樹叢。

「叮！」

一道紅桿忽然橫在路中間，左側響起清脆鈴聲。

唐心訣踩下剎車，視線轉向鈴聲出現的方向——公路旁立著一棟綠色的窄小建築，宛如一個豎立的長方形盒子，不仔細看幾乎與樹叢融為一體。

從「盒子」裡伸出一隻手，朝車的方向揮動幾下。

唐心訣慢慢開過去，在建築旁停下。

手臂是從一扇小窗戶裡伸出來的。它縮回後，窗戶被向上拉開，露出戴著廚師帽的中年男人臉龐。

中年男快速掃了唐心訣一眼，臉上浮現誇張的營業用笑容，鮮紅的牙齦十分醒目：

「今天天氣真好啊。」

臉龐消失，小窗戶裡再次伸出手，這次手裡多出一杯咖啡。

「這是您點的巧克力咖啡。」

視線上移，小窗戶上方，小屋頂端用歪扭鐵絲拼出一個單字：COFFEE。

看起來應當是一間開在公路邊，專為過往車輛營業的小咖啡店。

唐心訣沒伸手接，手指抵在太陽穴上：「我沒點過你們的咖啡。」

廚帽男彎腰露出臉，誇張的笑容分毫不變：「不，沒關係，瑪雅斯奶奶會為妳報銷的。」

見唐心訣還沒有接過咖啡的意思，廚帽男維持假笑：「這條公路很長，路上很少有休息站和補給，如果不喝杯熱咖啡，是無法堅持下去的。」

最後，廚帽男不情願地補充：「……及時補充體力，是《公路旅行須知》的要求。」

這次，唐心訣沒從對方臉上讀出欺詐與惡意。她拿過咖啡，「謝謝了。」

廚帽男立即縮回手嘀嘀咕咕：「如果被城裡那群傢伙發現了，一定會取笑我是全世界最善良的商人。唉，有什麼辦法呢，我只是開在公路旁的小本生意罷了。」

聽著小窗戶裡的嘀咕聲，唐心訣感覺腦中的刺痛感越發明顯。

一股莫名的不詳感縈繞在心頭，她卻找不出是為什麼。

她低頭抿了口咖啡，口味甜到發膩，熱騰騰的液體瞬間驅散了風吹過時裹挾的涼意。

紙杯外側印著一行字：一切從這裡開始。

凝視這行字半晌，唐心訣抬起頭問廚帽男：「請問，你知道瑪雅斯奶奶家在哪裡嗎？」

並不意外唐心訣會問出這個問題，廚帽男很快回答：「沿著這條公路一直走到盡頭，盡頭處就是瑪雅斯奶奶家。」

「不過，妳可要快點過去。」

小窗戶又被拉開一條縫隙，男人嘴唇翕動，含糊不清地說：「瑪雅斯奶奶討厭遲到，天黑之前……妳不會想知道後果，加快速度吧！」

唐心訣毫不害怕地凝視對方：「那麼，這裡幾點會天黑呢？」

「我想大概是晚上七點以後吧。」廚帽男下意識算了算，臉上笑容一僵，無端憤怒起來，「不對，我為什麼要告訴妳這些，妳又沒有付我錢！你們這群一肚子壞水的大學生……就知道欺負我這個做小本生意的老實人……祝你們永遠回不去學校！」

窗戶被怒氣沖沖關上，「唰啦」一聲換成了菜單，隔絕了裡外接觸。

唐心訣目光移到菜單上，這裡只售賣咖啡，每杯咖啡的價格都以一種名為「大學幣」的貨幣標價。譬如手上這杯巧克力咖啡，價格是五大學幣。

她注意到，在「巧克力咖啡」這商品後方，被鉛筆畫了很多道痕跡。

見老闆不準備再露面，唐心訣踩下油門繼續上路。

手機上顯示，現在是下午三點，距離老闆說的晚七點天黑還有四個小時。按照當下的任務要求，她需要在四小時之內找到瑪雅斯奶奶家。

綠色建築漸漸消失在後視鏡裡，公路兩邊依舊是一模一樣的樹叢，瀰漫著不祥的白霧，拒絕考生探索。

感官所及之處，除了風聲外沒有任何響動，也沒有任何生物，只有望不到盡頭的路。

唐心訣保持著車速，一邊觀察四周景象，一邊思考有關這場考試的資訊。

這次並非以往那樣，四人同時同地以寢室為起點醒來——至少現在看來不是。

上一次她們被拆開來單獨行動，是在《三年一班死亡錄》副本內，四人分別進入平行空間，明明處於同樣的劇情裡，卻無法感知和接觸彼此。

如果這次也是一樣的情況，可能每人都有一個「送特產給瑪雅斯奶奶」的任務，需要四人全部完成，才算考試通關……

這個假設在出現的瞬間，就被唐心訣自己否決。

因為整個寢室裡，只有她一個人會開車。

如果其他三人也是同樣的任務，第一步就可以直接宣告失敗。考試不會出現針對考生的死局。

思緒起伏轉動，直覺和判斷告訴唐心訣，這次考試的難關並不是「平行空間」。

其他三人，很可能也在這裡。只是她暫時還沒找到。

一切才剛剛開始，沉下心來。唐心訣手指敲了敲方向盤，心中告誡自己，按下莫名升起的煩躁感，專注開車。

車繼續向前開，兩邊樹影婆娑，看久了彷彿同一段路程不斷複製貼上。尚未有其他危險出現。

唐心訣的注意力依舊保持著高度集中，沒有絲毫掉以輕心。

突然，一個矮小的身影從樹叢裡鑽出，敞篷車一個急剎車，停在它身前！

矮小身影因為身體慣性摔倒在地，很快便毫髮無傷爬起來：是一個約莫五六歲個頭的平頭小男孩，他拍拍手就要繼續往前方跑。

唐心訣在車內靜靜看著這一幕，原本並未打算動作，然而餘光不經意掃到一抹顏色時，她眼神一凜，想也不想就按下喇叭。

巨大的聲音讓小孩停住腳步轉過頭來。唐心訣這才看清：他的臉上一片空白，沒有五官。

而她餘光捕捉到的，小男孩手臂上套著一支格格不入的女式手錶，與郭果進考試前手上戴的一模一樣。

郭果的手錶，怎麼會出現在其他人身上？

更準確的說，這是一個需要加上上下引號的「人」。

唐心訣打開車門，走到小男孩面前輕輕蹲下。

「能聽到我說話嗎？」

小男孩抬起頭，他臉上沒有五官，只有一片平整表皮包裹著頭部。當他做出「看」的動作時，眼睛位置的皮膚正對著唐心訣，顯得愈發駭人。

唐心訣卻平靜地看著這張臉，彷彿面對的是一個正常孩子，拉近距離時連目光閃動都沒有，溫和地重複問：「小朋友，你能聽到我說話嗎？」

小男孩做出反應。點了點頭。

唐心訣又指向他的手錶：「能告訴姐姐，這支手錶是哪裡來的嗎？」

小男孩嗖地把手錶藏進口袋裡，轉頭就要跑！

兩隻短手在空中奮力揮舞半天，小男孩慢慢低頭，發現自己好像一直在原地踏步。

唐心訣的馬桶吸盤不知何時勾住他連帽衣的帽子，聲音清晰：「別害怕小朋友，我不是壞人。」

小孩：「……」

吸盤在帽子裡一擰，他被迫轉了個方向，手臂無力地垂在身體兩側，面無五官的臉皺了皺，竟顯得有幾分無助。

他沒有嘴，自然無法開口回答，於是唐心訣換個問法：「你見過一個和我差不多高，短髮藍衣服的姐姐嗎？見過就點頭，沒見過就搖頭。」

小孩點頭。

「那這支手錶，是來自那個姐姐身上嗎？」

小孩用了好幾秒理解「手錶」的意思，才慢慢點頭。

「她現在在哪裡？」

小孩抬起手臂，指向車正要繼續開向的前方。

不知是不是霧氣淡了些，這次透過深淺相間的樹叢，唐心訣能隱隱看到遠處有一棟綠色的建築，坐落在公路邊。

趁著唐心訣抬頭，小孩忽地一鑽身像泥鰍般撲入樹叢。轉眼不見了蹤影。因為跑得太著急連衣服都不要了，小小的黑色外套掛在吸盤上，露出郭果的手錶。

唐心訣：「……」我這麼不招小孩子待見嗎？

不應該啊，以前她和風細雨說話時，很多小孩子喜歡的。

自我懷疑兩秒，唐心訣把外套和手錶收回車內，開向遠處那棟綠色房子。

車行駛到近前，綠房子的全貌映入眼簾。

雖然同樣是綠色建築，這棟房子比公路起點的咖啡店大了許多倍，門口同樣用鐵絲串了兩個字：餐廳。

十分言簡意賅。

餐廳門口站著一名體態豐腴的中年女人，正拿著灑水器幫門口的花盆澆水。

當車停下來，中年女人停下澆水動作，露出幾乎咧到耳根的誇張笑容，擺出歡迎的姿勢。

唐心訣毫不懷疑，任何一個正常顧客經過這裡，都會被嚇跑。

她下車時，手裡順便拿上小男孩留下的衣服，捕捉到中年女人臉上一閃而逝的僵硬。

唐心訣笑了笑，把衣服隨意往手臂上一搭，開門見山：「妳好，請問最近有見過和我年紀相仿的女生嗎？」

老闆目光在衣服上停頓一瞬，抬起頭時臉上布滿營業用假笑：「沒有見過呢。」

「一個都沒有嗎？」

老闆捂住嘴咯咯笑：「小妹妹這話說的，難道我還會騙妳嗎？這邊位置偏僻，一整天下來沒幾個人會光顧吃飯，當然記得每一個來的客人。」

她臉上堆滿笑，任由唐心訣走到裡面。

餐廳很小，裡面擺了四五張雙人桌椅，半開放式後廚只有幾個廚具。鍋裡煨著湯，散發出奇特的香味，既像肉又像是某種蘑菇。

觀察一圈，唐心訣沒感覺到任何危險。直到靠近廚房時，老闆攔住了她：「小妹妹等一等，妳手裡拿的這個東西，我怎麼有點眼熟呢？」

老闆的視線在馬桶吸盤上打轉，勉強笑道：「拿著這個在廚房外走來走去，好像不太好吧？」

唐心訣看了手裡的吸盤一眼，坦然回答：「哦，妳說這個啊，這是我的探路儀。」

老闆：？

「實不相瞞，其實我有後天弱視，無法看到一公尺之外的東西，所以只能借助探路儀行走。因為個人愛好，我把探路儀訂製成了馬桶吸盤的樣子。」

唐心訣點頭示意：「怎麼樣，是不是很像？」

老闆：「……」

無視了欲言又止的女老闆，走到廚房窗口處時，唐心訣發現裡面還有一個小隔間，透過燈光能看到一團藏在暗處的陰影。

她注視片刻，垂眸道：「實不相瞞，我方才在外面的公路上，撿到一件小孩子的外套。不知道是誰丟的……」

陰影抖了抖，忽然蹦了起來飛奔出廚房，與唐心訣撞了個正著：正是無臉小男孩！

小男孩想搶走唐心訣手裡的衣服，發現搶不動又去抱老闆的大腿，急切地指著唐心訣，似乎在告狀。

老闆尷尬地笑笑，把小孩拎起來狠狠拍了兩下屁股，然後才和唐心訣說：「哎呀，真是太巧了，妳撿到的衣服是我們家這個搗蛋孩子的，妳看這——」

中年女人想取過衣服，唐心訣卻忽然收手，問了個毫不相干的話題：「我看到衣服上有很多泥濘和褶皺，是不是小孩子經常在外面玩呀？」

一邊問，她一邊自然地向外走——

就在她向外走的瞬間，餐廳的燭火吊燈忽然閃爍起來。

中年女人緊緊盯著她的動作，似乎想上來直接抓，又有些忌憚，乾巴巴地說：「可不是麼，孩子還小，就是喜歡在外面打滾，滾得一身髒。小妹妹，妳不點一份餐嗎？瑪雅斯奶奶會為妳付錢的……」

唐心訣充耳不聞，只在擦肩而過時笑了笑：「老闆，妳的衣服也很皺啊。」

「妳也喜歡在外面打滾麼？」

燈光澈底熄滅，餐廳陷入昏暗。晦暗不明中，中年女人神色沉了下來：「妳說什麼？」

「不好意思，開個玩笑而已。」

唐心訣將手中衣服向對方隨手一扔，同時向前邁步，走出了餐廳。

那一剎那，抓住衣服的女老闆忽然猛地向外撲來，閃電般抓向唐心訣的肩膀！

第四章　友誼的小船

女人尖銳的指甲被迫停留在幾公分之外的肩側。

馬桶吸盤橫在前面，讓它無法再前進。

一觸碰到馬桶吸盤，餐廳老闆立即縮回手，忌憚地躲回門內陰影中。

唐心訣轉動馬桶吸盤，彷彿只是輕輕擋了一下，抬眼問：「老闆，妳有事嗎？」

女人臉上肌肉不停抽動，卻沒有再出手，只擠出一絲生硬的笑：「開個玩笑而已，小妹妹不要放在心上。」

說完，女人真的站在門內一動不動，似乎要目送唐心訣離開。

——只要她離開餐廳，就無法再受到攻擊了？還是……

看著餐廳老闆恢復正常的指甲，唐心訣反而一動不動，大有賴在門口的架勢，「老闆，妳不打算送我到公路上嗎？我第一次來這裡，怕迷路。」

停著敞篷車的公路邊，距離她大約五步左右。

「……」

餐廳老闆臉色難看，最終還是極不情願地張口：「妳現在已經在公路上了。」

一旦離開建築，身處具是公路範圍，同樣要受到公路規則約束。

唐心訣點點頭：「看來《公路旅行須知》的要求，並不只對旅客有效，是麼？」

對方對此避而不談，生硬地繼續說：「至於迷路……小妹妹，不用擔心，瑪雅斯奶奶會為妳祈禱的。」

陰影中，女人再次揚起詭異的笑容，「這條公路上沒有人會迷路，所有人都會找到自己的目的地，瑪雅斯奶奶在她家中等妳……」

「哦。那給我來一份便當吧。」唐心訣打斷她的話，理所當然道：「記得加熱，要夠吃一天的，到時候找瑪雅斯奶奶報銷。」

餐廳老闆：「……」

中年女人敢怒不敢言地轉身，一把薅起小孩走進廚房，斥罵伴隨砰砰打屁股聲傳出來：「讓你跑外面撒野，作業不做，也不知道幫忙，就知道給我添麻煩……生你不如生叉燒……」

打完孩子，過了幾分鐘，老闆捧著一個便當盒走出來，無臉小孩在後面扒著門框悄悄探頭。

「這是妳要的便當，一路順風。」

她最後四個字說得相當用力，眼睛死死盯著唐心訣，一直到身影被車尾氣遠遠甩在公路後。

開出二十分鐘後，敞篷車開始減速，慢慢停在路邊。

唐心訣鬆開方向盤，壓住腦中的刺痛和胃裡翻湧而上的不適感，深呼吸兩下。

剛剛擋住了餐廳老闆攻擊，握過馬桶吸盤的右手慢慢張開掌心，露出的虎口迸裂鮮血橫流。

鬼怪的力量不可小覷，哪怕馬桶吸盤未受損傷，人類的身軀仍難以承受。

如果在餐廳裡和那個NPC纏戰起來，哪怕是她們寢室四個人一起，也免不了要吃些苦頭。

唐心訣腦海中浮現出餐廳老闆明顯有所忌憚的神情，眉心再次緊蹙。

餐廳老闆在撒謊，從頭到尾都在撒謊。

手錶是郭果的，一大一小兩個NPC身上都有纏鬥過的痕跡。感知力在餐廳內沒有捕捉到任何危險與陷阱，唯一的危險感只來自被激怒時的NPC。

並且，餐廳老闆對她有著莫名的忌憚……一種摻雜了敵意的忌憚。

一邊想要攻擊她，一邊卻因為多重原因舉棋不定，最後在公路規則面前放棄。

無論是行動邏輯，還是在細節處的反應，都很奇怪。

哪怕手裡有無臉小孩的外套，能對NPC構成某種目前尚未捋清的限制，這次在餐廳走一圈，也未免太過安全了。

越安全，越不合常理。

考試副本不可能沒有危險，咖啡店是安全的，餐廳也勉強算是安全的，公路上也是安全的……那危險在哪裡？

唐心訣垂眸，公路上經歷的一幕幕在腦海中拆解重現，從車上醒來、上路、停車和NPC對話……每一處細節都被反覆放大檢視，試圖從中找出可以破解的切入點。

異常感越來越深，卻彷彿有一層迷霧罩在識海中，無法突破它捕獲真相。

唐心訣揉了揉眉心。

如果能收集到的資訊僅是如此，就沒辦法判斷出室友的位置。

唯一有關室友的線索，就是郭果曾經去過餐廳，很可能與NPC起過衝突，還留下了手錶。然而經過她的觀察，無論是餐廳內外還是附近的公路，都沒有任何熟悉氣息。

她無視了手上的傷，打開手機，從【寢室成員狀態】上能看到，除了她受到輕傷掉了兩點健康值外，其他三人都是滿分。

這更加不正常。

連她只是簡單交了下手，都免不了受傷。如果兩個NPC身上的交戰痕跡是郭果或者其他室友造成的，那她們的血條不可能完好無損。

問題到底出在哪裡？

肚子發出的咕嚕聲打破了寂靜，唐心訣決定先收拾一下吃飯。

噴上止血噴劑，用大型ＯＫ繃簡單修復了受傷的手掌。唐心訣打開便當，聞到味道時忍不住一頓。

並不是食物難聞，而是飢餓到達某種程度後，血糖過低，出現噁心想吐的感覺。

現在是四點整，距她喝完一杯熱咖啡才過去不到一個小時。胃裡卻像被掏空了，飢餓感傳遍四肢百骸。

唐心訣在心中計算過時間：在這條公路上行駛時，體力消耗的速度是正常的十倍左右。

故而她雖然只開了一個小時的車，卻如同連續開了六個小時，飢餓感飛速增長。

從這一點上看，ＮＰＣ「贈送」給她食物也有了理由——沒有這些食物飽腹，普通人根本不可能在公路上堅持超過兩個小時，更別提在天黑前趕到「瑪雅斯奶奶家」。

如果這理由成立，那麼下一個邏輯也隨之形成：瑪雅斯奶奶想讓她成功完成任務。受到瑪雅斯奶奶囑託的ＮＰＣ，也因某種共同目的，不得拒絕考生索取幫助，完成這段旅途。

沒有任何明顯危險擺在面前，唐心訣的目光卻越來越沉。

比難以打敗的鬼怪更加令人不安的，是資訊缺失下捉摸不透的未知感。

像有一隻無形的手蒙住她的眼睛，即便公路暢通無阻，她卻如同獨自行走在大霧中，無法確定方向。

腦中刺痛縈繞不散，似乎想提醒她什麼。每當唐心訣想要抓住，思緒又被打散。半晌，她將吃了一半的便當盒收好，確認體力和飽腹感已經恢復後，壓下紛亂的思緒，繼續開車上路。

第三個建築出現時，唐心訣幾乎沒有任何遲疑，快速分辨了出來。因它和前兩個一模一樣，刷滿了油綠色。

這是一座加油站。

方向盤打了個轉，車開進加油站內穩穩停下，經過一路加速消耗，油錶正好滑入急需加油的危險區間。

一切都像經過貼心的計算和安排，保證車能一直在公路上開下去。

加油站裡很安靜，唐心訣按了下喇叭，旁邊的綠色大門被推開，走出一個穿著專門制服的黃色身影。

這次是一個皮膚蒼白，頭髮亂糟糟的瘦削青年。他臉上沒有前兩個NPC那樣誇張的笑容，反而十分冷漠。

青年走過來，先是打量幾下車，又掃了唐心訣一眼，有氣無力地扯了扯嘴角：「加多少？」

唐心訣：「加滿。」

青年一言不發地扯下加油槍，站到油箱前開始加油。

沒過兩秒，他忽然開口：「呀，壞了。」

什麼壞了？唐心訣下意識要轉頭，在危險感襲來的瞬間反應過來，迅速撲身彎腰——

加油槍從她頭頂擦過，砸到十公尺外的地面，燒焦般的黑氣從裡面升起。

青年慢騰騰走過去，查看後聳肩道：「加油槍壞了，我幫妳換一個吧。」

說罷，他又自顧自走進綠色站房，關上了門。

加油槍擦過的涼意還殘留在脖頸上，唐心訣抬起頭，長年於噩夢中的交戰追逐，讓她能模擬出青年扔出加油槍的動作。

僅僅是「壞了」？

她沒有憤怒或出聲質問，剛剛躲過一劫的臉上甚至沒有半點波瀾。

沒有朋友在身邊，她無需和任何人交流。有一瞬間，這張臉上的表情幾乎和剛剛的青年一模一樣，冷漠得沒有半分情緒。

轉頭望去，青年進入的門上印著一行字：非員工禁止入內。

這場考試裡，每一個標著禁止符號的事物，都給她強烈的危險和否決預感。

沒什麼興趣地移開目光，唐心訣直接開門下車，一步步丈量這座加油站。

加油站的面積是餐廳的兩三倍大，沒有其他車輛和人，外面是被霧氣遮蓋的樹叢。

很快走完一圈，依舊沒有任何新發現，青年也未從站房內出來。

唐心訣輕輕轉動手腕，剛要去敲門，腳步忽然一頓。

餘光中，一個小小的身影從樹叢內偷偷鑽了出來。

猛然轉身，不等那個小身影重新跑路，唐心訣已經抓住了對方的帽子。

是無臉小孩！

「你怎麼跟我過來了？」

終於看到個新鮮事物，唐心訣饒有興致地問。

被抓住帽子的無臉小孩猶如被扼住七寸，沒有任何反抗之力被轉過來，十分弱小且無助。

但他兩條手臂依舊撲騰著，試圖抓走唐心訣口袋裡的東西。

看著小孩雙手試圖搆到的東西，唐心訣眉心一挑：那是郭果的手錶。

「你們從別人身上偷走甚至搶走的東西，居然還理直氣壯的要？」

唐心訣感覺有些好笑，然而旋即一怔，一個從未想過的猜測忽然出現在腦海。

抓住一閃而過的直覺，她開口問：「這個手錶，是有人主動給你的嗎？」

小孩不再撲騰，點了點頭。

「是誰給你的？」

幾秒後，唐心訣看著小男孩慢慢抬起手，指向她。

唐心訣眸光一縮，手心收緊。

「是我，給了你這支手錶？」

小男孩點點頭，又搖搖頭。他無法開口，無法做出任何表情，無法展現任何資訊。唯一能做出的回答只有動作。

於是他再次移動手指，指向唐心訣口袋，那支屬於郭果的手錶。

只輕輕改變了一點動作，卻讓答案由清晰到模糊，似乎蘊含著其他意義。

唐心訣再度蹙眉，心念陡轉：「……你收到這支手錶時，面前站著的人是我，卻又不只我一人，是嗎？」

「啪啪啪！」

不知道有沒有聽懂唐心訣的話，小男孩忽然用力拍起手，手指直勾勾指著唐心訣，又轉移到唐心訣身旁，在空蕩蕩的空氣裡戳個不停，樂此不疲地晃來晃去。

明明十分怪異抽象的動作，不知為何，唐心訣卻能隱隱理解其中的含義。

順著這種直覺，她將感知力擴散開，在心中計數。

一個、兩個、三個……

小孩在空氣中，指出了三個位置。

就像有三個人站在那裡一樣。

隨即，小孩收回手，有些困惑地後退一步，兩隻手在空氣裡用力擦，似乎要把剛剛指出的位置抹掉。

「抹掉」最外層的「人」，小孩張開皺巴巴的外套，做出從唐心訣手裡捧過手錶，放在裡面的動作。然後又奮力擦掉了第二個、第三個「人」……

最後只「剩下」唐心訣一人，小孩跺跺腳，伸出兩隻手，表示他已經全部講完了，現在索要手錶。

唐心訣若有所思，半晌後幽幽開口：「真有意思。」

無臉小孩描述的場景，她毫不知情。

兩個完全相悖的事情，不可能同時為真。如果無臉小孩表達的是真實，那麼虛假的就是她的記憶。

所以，究竟是小孩在撒謊，還是她的記憶在撒謊？

見她不動，小孩又著急地跺起腳，催促她給手錶。

唐心訣抬眼皮：「你認為我已經給了你，所以現在手錶是你的了？」

小孩點頭。

「可是我不記得。」少女臉上倏地勾起一道淺淺弧度：「答應給你手錶的我是曾經的我，拿回手錶的我是現在的我，兩個我記憶並不相同，也不能混為一談。」

無臉小孩：「……」

「再說，你媽媽打傷我。」唐心訣攤開掌心，指了指幾乎癒合的虎口：「醫藥費，懂嗎？」

無臉小孩：「……」

小孩茫然地搓了搓手，反應過來後「啪嘰」原地坐倒，肩膀一聳一聳，彷彿在嚎啕大哭。

過了三分鐘左右，唐心訣從紛湧的思緒裡抽出心神，就見小男孩還坐在地上不肯動彈，看起來十分傷心。

而以它為中心，陰冷感飛快向外釋放擴散，將整座加油站的溫度向下拉了十幾度，並有愈演愈烈的趨勢。

為了不讓這裡變成冰窟，唐心訣蹲下身，依舊十分溫和：「不過，雖然手錶沒有了，我可以送給你其他禮物。」

小孩沒有理會，唐心訣三番兩次的無情已經對鬼怪幼小的心靈造成了沉重打擊，全然沒有信譽可言。

唐心訣也不著急，來到裂開的地面，雙手握住金屬用力向上一拔，將方才被頹喪青年擲砸過來的加油槍，硬生生從塌裂的地面拔了出來。

然後她招手讓小孩過來：「怎麼樣，這個禮物夠大嗎？」

無臉小孩愣愣爬起來，剛伸出手加油槍就被塞進懷裡，身體頓時一搖，搖搖晃晃就要倒地。

唐心訣輕輕扶住它：「這麼貴重的禮物，一定要拿回家好好保存起來。」

無臉小孩：！

「呦，這裡怎麼有個小孩？」

站房的門忽然被推開，一身黃色制服的頹喪青年終於慢悠悠走了出來，看見眼前這一幕，臉上浮起一絲興趣：「這是誰家的小孩，怎麼還拿著……這不是加油槍嗎？」

青年詫異地挑起眉。

唐心訣隨意道：「反正這個也報廢用不了，我回收再利用送給小孩玩，報銷就找瑪雅斯奶奶。」

「……」

青年張了張嘴：「好吧，不過這個禮物……」

這時，看見青年的無臉小孩十分珍惜地抱住加油槍，一步一步用力向外拽，笨拙地把自己的「禮物」拖進樹叢，消失在霧氣深處。

「……真是特別啊。」

青年聳了聳肩不再說話，安裝好新加油槍，很快幫敞篷車加滿了油。

「現在可以繼續走了，保證妳能安全到達最終的目的地。」

青年懶洋洋地拍兩下車門，說話時兩條淡灰色眉毛疲倦地壓著，襯得膚色更加蒼白，一副隨時都要過勞死的模樣。

念頭出現的瞬間，唐心訣也問了出來：「你們這裡工作很繁重？看你好像很累。」

她揉著刺痛的太陽穴，目光淡淡掃過空無一人的加油站，彷彿只是隨口一提。

本沒抱著ＮＰＣ會認真回答的期望，沒想到青年瞥了她一眼，竟開口道：「我是學生兼職。」

「這裡的正式員工嘛，出了一點小問題，我是臨時過來接班的。」

「學生兼職？」

唐心訣捕捉到這個詞，脫口而出：「幾本大學？」

……對遊戲的研究已經刻進了她的潛意識裡。

她不禁莞爾，然而還沒來得及更改用詞，青年就輕飄飄給出了回答：「一本大學。」

搭在方向盤上的手一滯，唐心訣停下敲擊的手指。

一個念頭湧上心頭，她輕輕開口：「哪所一本大學？」

然後她聽到青年的聲音：「同學，大學城只有一所一本大學。」

大學城。

這一刻，唐心訣明白了公路指示牌上的「城外公路」是什麼意思。

一陣奇特的心悸促使她抬起頭，遙遙望向公路遠處，一直到被霧氣籠罩的天際。

這裡就是遊戲所在的世界，鬼怪誕生之地，而在公路盡頭的迷障後，或許就是這個世界的真相。

青年又在一旁自顧自道：「兼職倒是不累，主要是課業量有點繁重，我才出來透透氣。要不然快要猝死了。唔，你們那邊應該還好吧，聽說三本會輕鬆點？」

唐心訣沒有立即回答。片刻後，她微笑起來：「我好像沒有說過，我是來自三本大學的學生吧。」

「你是怎麼知道的？」

話音出口，唐心訣轉眸與之對視。

青年神色沒有半點變化，彷彿被指出的邏輯漏洞只是個無足輕重的話題，自顧自束著手，繞敞篷車走了一圈，泰然自若地轉移話題：「我幫妳看了一眼，除了太舊外車沒什麼問題，只是收音機壞了，需要幫忙修一下嗎？」

唐心訣注視著這名瘦削青年。

除卻加油站員工的制服，他看起來與自己年紀相仿，仔細看去一副學生模樣，不像普通鬼怪那樣明顯易怒，身上氣息內斂得難以察覺，只有在靠近時才能感應到一絲陰冷。

這還是她在精神技能加持下，才能捕捉到的一絲異常。

一個可以隱藏自己實力與氣息的鬼怪。

如果不是對方自報家門，唐心訣也難以將其和這場副本其他NPC區分開，因為對方除了用加油槍試探過一次，並沒做出危險舉動。

然而……唐心訣眸光微動，吸盤無聲出現在手上。

雖然沒經歷過一本大學的難度，但她並不認為在正常情況下，一本大學的鬼怪會出現在三本考生的C級考場裡。

事出反常必有妖。

沒得到回應，青年也不在意：「當然，修理不是免費的，也不能讓瑪雅斯奶奶報銷。」

他慵慵靠著另一邊後照鏡，看起來只要車開走就會被輕飄飄甩飛。

唐心訣卻有種直覺，如果青年不起身，這輛車可能無法開走。

她想了想：「你要什麼報酬？」

似乎沒想到唐心訣這麼好說話，青年微微一挑眉：「報酬很簡單，我既不要妳身上最值錢的東西，也不要最廉價的東西，在這範圍之間，妳可以任意選一樣給我。」

「當然，報酬的價值，決定了收音機修好的程度。」

順著青年的話，唐心訣看了落灰的車載收音機一眼：「這算考試作弊嗎？」

「當然不算。NPC可以在有限範圍內為考生提供點無傷大雅的小幫忙，雖然正常情況下，沒有NPC會這麼做。」

唐心訣搖頭：「不，我不是問我自己……我是問你。」

「在考試中途亂入考場，取代原本的加油站NPC，干涉副本進度與考生互動，算不算考試作弊呢？」

不合身的加油站制服、不熟悉的加油技術、破壞工作場所也無所謂的態度，以及出了「問題」的正式員工。

唐心訣甚至覺得距離她剛剛驅車趕到加油站，與青年前來「兼職」就是前後腳的時間，對方來不及把設定補充完善，絕對的自信又使他並不在乎被拆穿，才導致漏洞百出。

青年：「……」

寂靜片刻，他悠悠道：「我聽說三本大學裡，有一個學生首次利用監管系統，成功檢舉了違規的NPC。」

唐心訣不置可否。

既然青年已經知道她是三本大學，又是專門而來，就算對她一清二楚也不意外。

不過這也明確指出一個資訊：鬼怪之間消息互通。

它們並不囚於單獨副本裡，某些時候可以自由移動，甚至闖入其他考試。

緊接著又聽青年繼續說：「那名新生不僅完整毀掉考試和整個課程，連坐科任老師，前後戕害數十名NPC，連黑暗生物都不放過，在三本大學為禍橫行，已經引起了多方注意……」

唐心訣：「……」

連鬼怪之間也能三人成虎？

她沉默兩秒，微笑道：「你可能認錯人了，我聽不太懂，什麼叫檢舉？」

青年垂眸望向她：「我還聽說，這個新生姓唐。」

唐心訣把馬桶吸盤在手中一轉，毫不猶豫：「我姓馬。」

「……總之，」說話似乎讓青年十分疲憊，本來就蒼白的臉色蒙上一層灰暗，看起來比唐心訣還要弱柳扶風，他吐出一口氣，「現在我們都有彼此的把柄，不如各退一步，我幫妳修理好收音機，妳意思意思給點東西。」

唐心訣不想再與之糾纏：「可以，那麼作為交換，你可以得到我的友誼。」

「……」

青年一口氣差點沒喘上來，幾秒後從牙縫裡緩緩擠出：「友誼？這就是妳給我的報酬？」

唐心訣神情端肅，言之鑿鑿：「實不相瞞，我是一個廣結善緣的人，每一場考試的NPC都會對我交口稱讚。看到剛剛的沒臉小男孩了嗎？這就是友誼的力量。」

「哦。」

對方氣不喘了，眉頭不皺了，連鬼怪的陰冷氣息都不再隱藏，臉上勾起譏諷弧度：「看來妳對這場考試很有信心，並不需要額外幫助。不知妳的室友看到這一幕，心裡會作何感想。」

「你當然無法猜測我室友的想法，因為你沒擁有過學生的友誼。無論如何，感謝你於百忙之中抽空下考場，然後兩手空空的來，兩手空空的走。」

唐心訣不卑不亢。

時間在她心中計數，一秒一秒向下流動。

對於來路和能力都未知的鬼怪，她不可能把任何實物交給對方。當然，如果非毫無希望，也想看看收音機被修理後有什麼效果。

她在賭，賭對方既然找到了她，哪怕只是試探，也不會甘心找了個寂寞。鬼怪可以聰明冷靜，卻永遠貪婪。

短暫的劍拔弩張在空氣裡蔓延，而後在青年的低咳聲中消弭。

「李小雨說的沒錯，這次新生真的有點難搞。」

唐心訣眉心一跳，李小雨？

——青年認識李小雨？

「友誼嗎？好吧，既然妳這樣說了……」

來不及細想，一張紙忽然出現在唐心訣面前，仔細看去，紙上的內容既像是欠條，又像是簡單的契約。粗略掃了內容一眼，約等於：（　　）自願送給（　　）友誼，不得反悔或撤銷，此約定於9月XX日生效。

「看妳的表情似乎有些意外。」

見唐心訣微愣，青年揚起一縷得勝的笑容，「很神奇吧。在所謂NPC的世界中，哪怕是虛無縹緲的友誼，也可以用契約形式表現出來。如果妳真心想要付出報酬，就簽訂契約吧。」

唐心訣施了一個鑑定術：『這是一張萬能契約，一旦簽名就不可更改。至於契約內容，只需要手動替換關鍵字就可以了。』

唐心訣了然，笑了笑，提筆寫上自己的名字。

青年簽下的名字也落入眼中：伍時。

唐心訣記下這個名字。

交易達成，青年不再廢話，在收音機上拍了兩下收回手：「修好了一部分，妳的友誼有多少價值，它自然會恢復多少用處。」

擰了兩下按鈕，果然有滋滋聲傳出。唐心訣點點頭，問：「當收音機修完後，如果我的友誼發生改變，它的修復度也會隨之變化嗎？」

伍時懶散挑眉：「自然不會……」

反應過來這句話的意思，他張了張嘴：「友誼改變？妳想違背契約？」

唐心訣微笑起來：「我當然不會違約，你已經得到了我的友誼。只是這之後，我意識到你和李小雨是朋友，很巧的是，我曾經在考試中與一名叫李小雨的同學，有過些許矛盾。」

「根據恨屋及屋的道理，我們的友誼在這一分鐘打了一折。不過無需擔心，畢竟契約沒有規定友誼的類型，到底是君子之交淡如水，還是小人之交甘若醴。」

唐心訣踩下油門，對剛剛結識的朋友比了個再見的手勢：「很神奇吧，在人類的世界中，友誼就是這麼變幻無常。」

敞篷車揚長而去，將失去笑容的鬼怪遠遠甩到視線盡頭。

第五章　瑪雅斯奶奶

「滋……滋……」

車在公路上飛馳，風從車窗外擦肩而過。

收音機滋啦作響。

一開始，裡面只是調頻的雜音，隨後出現細碎的音樂，唐心訣任它播放著。

無數資訊碎片在她腦海裡飛速轉動，碰撞拼接。

無臉小孩的表述、餐廳老闆怪異表現、大腦裡的刺痛與不詳預感……種種線索撥開迷霧，露出了模糊的輪廓。

唐心訣終於找到了異樣的源頭——從一開始，她所見所知所感，都是錯的。

回憶起來，在敞篷車裡睜眼開始，環境令她先入為主的以為這是考試開局：室友不知分散在何處，只有她獨自一車。

但若……這根本不是開局呢？

透過後視鏡，唐心訣以全新角度審視敞篷車的內部，主副駕駛和後座，正好坐下四個人。

或許，真相從一開始便已昭然：這場考試根本不是單人開局，而應該是四人同坐一輛敞篷車！

這才是普通大學生結伴進行「公路旅行」的正常配置。

而她為何對此一無所知，又為何找不到其他三人……

唐心訣敲擊著方向盤，一個詞浮上心頭。

周目循環。

踩下剎車停靠路邊，唐心訣閉上雙眼，感知漫溢而出。

她沒有相關記憶，但一旦確定框架，依舊可以透過對自身和室友的瞭解，逐步推測曾經發生過的事。

空白識海裡，逐漸勾勒出一幅幅畫面。

最初，也就是第一周目，車上人員應當是齊全的。

看到瑪雅斯奶奶的任務後，四人妥善保管好禮物盒，由唐心訣掌駕駛位開車上路。

距離初始點沒多遠，便是一間小咖啡屋，NPC送給她們可以報銷的咖啡，然後在菜單上粗暴地畫了四筆。

繼續開車，是一間公路快餐店，店裡有笑容詭異的老闆和一個沒有五官的小男孩，給予了她們同樣可以報銷的餐點。餐館老闆應該沒有做出攻擊舉動，只是冷颼黏膩的目光一直在幾人身上徘徊……不願久留，幾人匆匆上路，很快又到達加油站。

變故發生在加油站嗎？

唐心訣睜開眼，看著霧氣濛濛的前路，將這一分支劃掉。

不，她們大抵也成功從加油站離開，甚至一路開到了公路盡頭，試圖尋找瑪雅斯奶奶的家。

然後變故發生了。

任務未能成功完成，副本被重啟——或者說，她們重新回到了公路起點。只不過這次，從四人變成了三人。

同樣茫然醒來，以為考試剛剛開始，匆匆上路，遇到咖啡屋、快餐店、加油站……沒人知道消失的那名室友去了哪裡。

唐心訣覺得二周目的自己應該意識到了什麼，所以她們在餐廳裡把郭果的手錶給了沒有惡意的無臉小鬼。當然，她們留下的記號應該遠遠不只這些。

但當第三周目到來，記號也伴隨郭果一起消失了。

人越少，公路對她們而言就越加危險。在第二或是第三周目中對她們出手的餐廳老闆、未知的加油站，以及最終無法避免的失敗結局。

就像小鬼用動作比劃的那樣，寢室四人一個接一個無聲無息被抹去……直到第四周目，也就是現在。

這場公路旅行，只剩下唐心訣一人。

室友存在過的痕跡，只有咖啡屋菜單上凌亂的鉛筆畫痕與揣在小鬼口袋裡的手錶，還有唐心訣腦中的刺痛。

她終於意識到，這股疼痛來自於哪裡——危險傳喚器。

在考試前，她與張遊合買的危險傳喚器，一旦張遊處於危險環境，傳喚器就會自動向她發出訊號。危險越大，訊號越強烈。

進考場前沒機會試驗，當危險高到一定程度訊號會變成什麼樣，以後也不需要再試驗了。

唐心訣分出一隻手按住太陽穴。

訊號會變成腦中的刺痛，向她發出危險警告。

不過同時，這訊號也傳遞著一個資訊……

張遊還活著！

「滋滋……」

時間逼近五點，天際漸漸覆上一層不明顯的昏暗，昭示著黃昏即將到來。

收音機在漫長且嘔啞嘲哳的音樂後，終於重新變成混亂的雜訊聲，似乎想凝聚成什麼。

唐心訣現在覺得那個契約果真有幾分效力，判斷出她給伍時的「友誼」不值幾分錢，把收音機修成了這副半死不活的模樣。

到目前為止，最大的用處就是摧殘她的耳朵。

『鑑定：這是一個不太靈光的車載收音機，但偶爾也會提供一點有用的資訊，可能要取決於你的運氣。』

聽著收音機斷斷續續的噪音，唐心訣敏銳地發現，視線盡頭的霧氣似乎沒有一開始那麼多了。

公路終於在漫長的，一成不變的延展中，發生了一點變化。

精神力在識海中突突跳動，不是什麼好的預感。

放緩車速，唐心訣屏氣凝神，腦海中所有資訊無時無刻不在轉動，拆解尋覓著破局之法。

最壞的可能性，這次依舊失敗，她成為最後一個消失的人，周目將不再重啟。

她們將永遠失去通關的機會，甚至可能會永遠困在這場副本裡。

……可是，資訊太少了。

即便知道了周目循環的規則，想要破局，還缺少一個重要資訊：觸發失敗機制的原因。

在遊戲中，達成ＢＥ結局有兩種可能性：一是沒有沿著既定的道路走，二是完全沿著既定道路走。

前者是犯錯出局，只需要按部就班不觸發錯誤點，就能安全通關。

而後者，就棘手多了。

唐心訣遙遙注視著公路前方，在黃昏漸漸漫開的金色光輝中，公路變得越來越狹窄。敞篷車也無法再變道，只能沿著路的中心繼續前行。

即便還未到達終點，她心中已經有了預感。

這場副本的危險之處，應該正是後者。

沿著既定的道路，哪怕如履薄冰什麼都沒做，同樣會走向死亡。因為它的存在本身，即執行著失敗程序，讓她們在無知無覺中滑向不可逆轉的深淵。

只有找到獨特的出口，才能打破輪迴桎梏，找到以「瑪雅斯奶奶家」為名的任務目標。

可這是一條筆直的，無法回頭的公路。沒有任何分岔點，甚至連選擇的機會都沒有給她。

等等。

唐心訣忽然雙手一緊，腦海中某個本以為是死路的邏輯線豁然洞開，露出從未想過的答案。

不，她曾經有選擇機會。

那個選擇機會甚至曾無比清晰地出現在她面前，如果真的與之有關，如果只剩下最後一個可能性……

如果這推測沒錯，那麼她就還有機會！

公路越來越窄，敞篷車忽然一晃，彷彿由平直的公路變成了崎嶇的碎石路，兩邊樹叢越靠越近，最後幾乎是艱難地向前穿梭。

到這時，收音機終於「嗡」一聲，電流匯聚為能聽懂的廣播音。

『為了帶動城外公路旅遊發展……為了增加學生對城外旅遊的興趣，提高安全性……我們將忠告特此總結為《公路旅行須知》，設為各個大學必修課程，由大學等級設置相對應難度……』

『接下來是公路旅行須知細則。』

收音機的聲音依舊閃爍不定，只有一部分話語能成功傳出來。

『請確認攜帶足夠食物，確保旅行過程體力穩定……』

『請準備充足大學幣，下載地圖、確認公路建築位置……為了保護學生視力，已經統一將建築物刷為綠色。請不要亂扔垃圾……』

這次收音機亂流了很久，終於蹦出最後一句話：『……請提前尋找公路正確出入口，確保進出暢通。如果起始點尋找錯誤，很可能陷入循環。近日，教育中心已發現多起公路學生走失案件，正在著手調查中。』

亂流消失，收音機一聲輕響，回歸寂靜。

而與此同時，車也終於從崎嶇窄路中開了出去，隨著路面變為平緩，前方的景象映入眼簾。

在視線盡頭，一棟窄小的綠色咖啡屋，正靜靜佇立在那裡。

熟悉的廚帽男正貼在窗戶上，露出了不清晰的笑容。

這條公路，是一個沒有出口的閉環！

唐心訣踩下剎車，但車並沒停止，依舊向前開。到了這時，一切已經超出了她的掌控，只會沿著早已設計好的死亡末路走到盡頭。

唐心訣雙手離開方向盤，此時再控制敞篷車已經沒有任何意義。車窗與篷頂升起，敞篷變為閉合，阻斷了學生離開的可能性。

這就是每周目都失敗的原因，當車上的人終於意識到問題所在，一切已經來不及了。

來不及了……嗎？

最後幾秒，唐心訣沒有閉上眼，而是以快到看不清的手速從口袋中抽出一個白色小瓶，將裡面的藥丸一口氣倒進嘴裡。

對於她來說，不存在百分之百「來不及」的可能，因為有三次變數。

在第一場考試就從轉盤抽出，卻至今沒用的道具——後悔藥！

『一瓶後悔藥（低級）：人生不如意十之八九，乾了這瓶後悔藥，你有百分之十的機率可以改變過去某個時間點的決定。』

『當然，它只能找到與你的記憶相契合的時間點。』

後悔藥瓶中，共有三顆紅色藥丸。

它們先後進入食道，第一顆、第二顆、第三顆……

第三顆咽下的瞬間，敞篷車徹底衝上熟悉的道路前，四周場景驟變——

一輛敞篷車，靜靜停在寫著「城外公路」的指示牌下。

它前方不遠處，是一間顯示正在營業中的綠色咖啡屋。透過狹小的窗口，廚帽男看到車內的少女醒了過來，正下意識打量四周，並下車確認了後方斷裂的懸崖。

他露出一抹詭異的笑容，放下阻攔桿，準備好一杯熱氣騰騰的咖啡，伸出手上下搖晃起來。

然而下一秒，少女回到車上，敞篷車卻沒有向前走。

唐心訣靜靜看著眼前的一切，霧氣瀰漫的公路，廚帽男臉上擠出的誇張微笑，還有已經註定好的旅途。

她開到前面，接下那杯咖啡，一飲而盡。

廚帽男笑道：「祝妳旅途愉快。」

唐心訣也點點頭，然後掛下倒車檔，敞篷車開始緩緩後退。

廚帽男：？

視線中，廚帽男臉上從僵硬變為驚愕，最後整張臉貼在窗戶上，目眥盡裂猙獰無比——

冰涼的霧氣從後方洶湧而來，咖啡紙杯上的字跡在霧氣中發生變化：一切從這裡結束。

從頭至尾，這裡既是起點，也是終點。

她們尋找的出口，就在這裡。

唐心訣一腳油門踩到底，整輛車逆躍入懸崖！

冰冷……危險……快醒！

惡意感應器在口袋裡瘋狂預警，張遊努力掀開眼皮。

身體感官漸漸恢復，她正坐在一張硬邦邦的椅子上，全身是被凍僵的麻木，冷氣還在往皮膚裡鑽。

從頭頂傾灑而下的淡橘色燈光照亮了屋內輪廓，就著模糊的視線，張遊看見身前的木頭桌子，再往前是影影綽綽的灶臺。

這是一戶人家裡的廚房。

灶臺上燉著湯，散發出既腥又臭的氣味，鑽進鼻子裡令人頓時清醒不少。

張遊喉頭滾動兩下，忍住嘔吐的欲望。她感覺上下眼皮彷彿黏著一層膠水，需要費很大力氣才能睜開。

隨後，她心頭重重一跳。

坐在這裡的，不只她一人！

餐桌兩側，在她左右手邊，分別坐著雙眼緊閉的郭果和鄭晚晴。兩人姿勢僵硬一動不動，臉上覆著一層薄薄的白霜。

她們還沒有醒過來。

怎麼會這樣……她們三人為什麼會在這裡？

大腦像一坨被凍住的冰塊，變得渾渾噩噩。張遊下意識想掏出手機，卻在做出動作的前一秒硬生生忍住了。

隔著衣領，她能感受到鈕扣形狀的惡意感應器正在源源不斷散發熱。這是她升級過的無聲版感應器，感應到環境惡意時不會發出聲音，只會用升溫來提醒。

而現在，道具宛如一塊滾燙的烙鐵，幾乎要燙傷胸口！

正是感應器的熱度將她從昏僵中拽出。環境危險無比，不能輕舉妄動。

張遊忍下叫醒郭果和鄭晚晴的衝動，放緩呼吸，依舊一動不動坐在原地，只有一雙眼睛飛速觀察四周。

從裝潢來看像是幾十年前的老式風格，餐桌上蓋著深色碎花餐布，空氣中除了灶臺傳來的臭味，還有一股腐朽氣息，在刺骨的寒冷中縈繞不散。

仔細看去，那湯鍋下方幽幽跳動的，竟然是綠色火苗。不僅沒有帶來熱氣，反而讓屋內更冷了。

張遊牙齒輕顫：這裡明明是廚房，卻冷得彷彿置身冰窖。

就在這時，她忽然聽到一陣腳步聲。

「噠、噠噠——」

有人趿著拖鞋走來了。

一陣更濃烈的腐臭湧入鼻腔，張遊迅速垂下眼皮，只留一條不易察覺的小縫。

「唉，湯怎麼還沒煮好。書上不是說四人份量只要四個小時嗎，今天時間怎麼格外長呢。」

透過眼縫，一個身形矮小的老太太嘮嘮叨叨走進廚房，站到灶臺前舀了一勺湯細嗅。

「香啊。」老太太沙啞的嗓子裡發出一聲滿足喟嘆，「可惜是兩個月前的湯底，早就不新鮮了。還好今天又進來四個……」

老太太轉過身，張遊能感受到一股黏膩的目光落在自己身上，令人脊背發涼。

「啪——」老太太拉開一個抽屜，不知從裡面取出了什麼東西，慢悠悠走到餐桌旁。

「還活著呢，生命力真旺盛啊，做成湯底肯定也能活很久。」

郭果的臉被一隻枯瘦如柴的手捏住，立即泛起一層白霜，凍得連臉都漫上青色。

「可惜渾身上下都有活人氣，鼻子也有，嘴巴也有，耳朵也有，眼睛也有。這一出氣，身體裡的料就散了。要趕緊縫上。」

老太太一邊嘀咕，一邊拿出布夾子，打開赫然是一排針線，似乎在比對著從哪裡開始縫比較好。

張遊心頭猛跳！

她差一點就要暴露衝上去，好在下一刻老太太放開了郭果。

「年紀大嘍，差點忘了還有第四個，等四個齊全了再一起縫。」

老太太怪異地笑了兩聲，又趿著拖鞋走出廚房。沒過多久電話鈴聲響起，尖銳刻薄的抱怨話語從遠處傳了進來。

張遊鬆了口氣，感應器溫度稍稍降低，她悄悄轉頭，發現廚房和客廳間隔著一個短短的走道，剛好造成視線差，只能看見老太太綠圍裙的一角。

趁這個機會！

張遊立即摳出感應器往另外兩人腦門上貼，希望她們能趕快醒來。

看見老太太，滯澀的記憶逐漸運轉，她漸漸想起了發生的一切。

沒有終點的循環公路，每一次都消失一名室友，直到第三次循環，「被消失」的人變成了她。

當她站在迷霧裡，循環的記憶悉數回籠，可是已經來不及了。一棟亮著燈光的小房子就在路邊，她被吸引著不由自主走過去，然後紅色木門打開，露出一張堆滿皺紋的老人面龐。

「親愛的孩子，妳把我想要的特產帶來了嗎？」

張遊知道不妙，可她無法動彈，只能在僵硬緘默中，看著老太太笑容越來越深：「真是個辦事不力的壞孩子，不過瑪雅斯奶奶對孩子們一向很寬容，怎麼會讓妳們又冷又餓在外面待著呢？快點進來吧。」

當張遊不受控制邁進門，同時失去了意識。直到剛剛才醒來，恢復對身體的控制。或許感應器的高溫真的有效，再加上張遊搖晃她們腦袋，鄭晚晴幽幽轉醒，睜大眼睛剛要說話就被捂上了嘴。

張遊瘋狂搖頭，確認對方聽懂了才去叫醒郭果。

可經過「瑪雅斯奶奶」的觸碰，郭果身上白霜比鄭晚晴更重，一時竟沒有反應，身上死氣沉沉，連呼吸都幾不可聞。

張遊急得泛起淚花，還是鄭晚晴的提醒讓她冷靜下來。

手機的【寢室成員狀態】欄位，郭果狀態列下雖然負面Buff多，健康值卻還沒變，應該暫時沒有生命危險。

隔著門，瑪雅斯奶奶的聲音越發清晰。

「哦，當然，我當然會分妳一碗湯。我會拜託那些狡詐的討厭鬼學生們送過去給妳，畢竟我親愛的表妹已經因為飢餓而無法出門了。什麼，妳想要新來的『蠢學生們』送過去？這可有點難，不過我認識幾個正在為出題頭疼的課程老師，總會有辦法的……」

瑪雅斯奶奶向廚房方向走：「說到這裡，第四個蠢學生怎麼還不來？公路早該把她送到我這裡了。廚房的湯也是，總熬不熟。」

同一時間，張遊已經離開椅子。狹小的廚房沒有供她們躲藏之處，但貼著牆角望去，廚房與客廳的走廊夾縫間，有一道虛掩著的褐色小門。

瑪雅斯奶奶的聲音還在繼續：「廢話，我當然知道。活死湯的成色預示著湯底的成敗……等等，妳什麼意思？」

門外寂靜兩秒，再開口時怒氣沖沖：「妳是說我的湯底會失敗？這不可能！已經有三個蠢學生進了門，她們插翅難飛！妳提醒了我……我現在就去把那三個都縫成活死人，免得湯底不純。」

張遊與鄭晚晴飛快對視一眼，來不及叫醒郭果，只能一人一邊架住她衝向走廊。

「我就不信……」隨著碎花布簾被掀開，瑪雅斯奶奶聲音戛然而止。

一秒後，沙啞難聽的桀桀怪叫貫徹整棟房子。

老太太摔了電話，渾濁卻銳利的目光在屋內掃蕩：「蠢學生們，妳們以為藏起來就能通關了？等我找到妳們，就放乾妳們的血和肉，讓妳們生不如死，做我的湯底熬上一百年！」

褐色小門內。

張遊緊緊握著防護符，神經繃成一張弓。

正對面，鄭晚晴用能活動的左手扶著郭果，右手逐漸凝聚起拳頭虛影，神色凝肅。

她們所在的房間似乎是一個冷凍儲藏室，房間裡堆滿了冰櫃。闖進來時匆匆掃了一眼，冰櫃裡封存著滿滿的綠色液體，以及不知多少個「人」。

他們被冰凍在綠色液體中，身上插滿管子，已然看不清面目。這應該就是NPC口中的「湯底」了。

很顯然，如果這次考試失敗，她們也會成為湯底，被永遠封存在這裡。

鄭晚晴咬緊牙關，甚至想出去決一死戰。但很顯然她不能這麼做。

『客位壓制（負面Buff）：你是被瑪雅斯奶奶好心收留在這間房子的客人，怎麼可以用危險道具對準房子的主人呢？』

『在房屋範圍內，你將無法反抗瑪雅斯奶奶，這是她設計出來專門對付學生的技巧。』

難道她們只能在這等死？

瑪雅斯奶奶沉重的腳步聲在外面移動，伴隨著氣急敗壞的咒罵聲。張遊努力讓自己冷靜，不斷思考各種可能性。

很快她意識到：「NPC現在不僅憤怒，還有些慌張。這說明進入房子裡的學生並不是百分之百逃不出去，我們還有存活機會！」

張遊的聲音極輕，NPC也逃不過年邁耳聾的命運，並沒有向倉庫走來，而是咒罵著向反方向去了。

趁此機會，兩人一邊喚醒郭果，一邊觀察這個房間，試圖尋找逃生方法。

從客廳跑出去不現實，她們肯定會第一時間被發現。或許，這棟房子有其他出口？

這時，郭果咳嗽兩下，終於醒了過來。就在她迷茫睜眼的第一時間，兩隻眼睛頓時瞪得滾圓，喊聲差點脫口而出，幸好被鄭晚晴及時捂住。

「咳咳咳，」郭果還沒搞清楚情況，瑟瑟發抖抱住自己，臉色蒼白地問：「這個屋子裡怎麼，怎麼這麼多人？」

張遊：「妳是說冰櫃裡，那些不是……」

她忽然截住話頭。郭果這個角度根本看不見冰櫃裡面，怎麼能看見裡面的「人」？

除非，郭果看見的是——

郭果也察覺到了，臉色更白：「妳們是不是什麼都看不見？」

吞咽一下口水，她在屋子裡指了一圈，小聲敘述自己見到的景象：「這裡，這裡還有這裡，全是漂浮著閉著眼睛的人。他們身上好像還有線，全都連、連到冰櫃裡。」

郭果臉色白了又青，不敢探頭看冰櫃裡是什麼，直覺告訴她還是不看比較好。

張遊嘆口氣：「妳看到的是死於鬼怪NPC手中人們的靈魂。我們現在也一樣被困在這裡，需要想辦法逃出去。」

房子不大，瑪雅斯奶奶遲早會找到這裡。再說就算她們躲得過一時，如果唐心訣也循環失敗落在NPC手中，她們連救都沒辦法救。

郭果握住自己的水滴吊墜，神情絕望：「不知道為什麼，我覺得心訣不一定會失敗，反而是我們比較危險。」

話音未落，她忽然瞳孔一縮：「等等，我看到一個人，不，靈魂抬頭了……他好像能和我說話？」

張遊也靈光一閃：「問他有沒有從這裡逃出去的方法！」

幾人提起心臟，沒過幾秒只見郭果臉上露出狂喜之色：「他說可以！只是需要我們……」

急促的腳步聲讓郭果咽回了後半句話。

那是瑪雅斯奶奶的腳步聲，她已經搜查完其他房間，正在向這個房間過來！

「等我找到妳們，一定要將妳們剝皮放血……」

「咚咚咚！」

就在布滿皺紋的手臂即將觸碰到褐色小門時，一道更加清晰的敲門聲從客廳外傳來。

「有人嗎？」

唐心訣的聲音在外面響起。

響起的敲門聲，令枯老手臂遲疑了一瞬，沒有繼續進倉庫，而是轉向客廳。

老太太猶豫地轉了轉眼珠，最終還是被急於集齊第四個考生的貪婪占據，轉身走了出去。

反正那三個女學生不可能逃出去，抓到四人再一起做湯底也不遲。

倉庫內。張遊三人對視一眼，神情凝重又複雜。

她們無法聽到大門外的聲音，只知道最壞的可能性是心訣也失敗了。

一旦最壞情況出現，唯一的求生方法就是她們剛剛知道的這個……無論來不來得及，她們只能破釜沉舟嘗試一把。

機不可失時不再來！

張遊咬牙：「趁現在！開搞！」

唐心訣打開車門。

車從懸崖躍下，卻並沒有墜落，而是在大霧中駛了片刻。當霧氣散去，這條陌生嶄新的路出現在她面前。

路邊的紅色房子孑然矗立，門牌上標注著房主人的身分：瑪雅斯奶奶。

她們最終的任務目標，就在這裡。

拿起裝著「特產」的禮物盒，唐心訣毫不猶豫重重敲門。

過幾秒，紅漆木門「吱呀」一聲打開，蒼老的頭顱伸出。

這是個約七八十歲的老太太，紅毛衣綠圍裙裹著矮小佝僂的身體。與乾癟的身體極不對稱的，是老太太臃腫又垂塌的臉。

此刻，這張臉堆起令人不適的笑容，整個身體迫不及待探出大半：「親愛的孩子，妳把我想要的特產帶來了嗎？」

這就是「瑪雅斯奶奶」？

視線極快在對方身上掃過，唐心訣注意到老太太另一隻手裡捏著個黑色布包，能隱隱看到裡面的針頭。

不等回答，老太太已經呵呵笑起來：「不用擔心，我一向對愚蠢的孩子們十分寬容，哪怕妳們只會把事情搞砸，也依舊能進我的家裡過夜。」

說著，枯瘦手掌向前狠狠一抓，就要拉住唐心訣手臂！

危險襲來的瞬間，唐心訣側身後退，躲開與對方的身體接觸，聲音清冽：「過夜就不必了。」

她的任務是把特產送到而已。

一手抓了個空的瑪雅斯奶奶：「……」

老太太不敢置信地睜大雙眼，眼皮下方高高凸起：「妳還能動？」

她第一個反應以為這個學生佩戴了厲害的道具，剛要凶相畢現，卻見唐心訣反手拎出一個打著蝴蝶結的紫色禮物盒。

老太太動作再次一僵。

「妳、妳竟然成功了？」

這個學生竟然成功走出那條公路，把特產送到了這裡？

看見「瑪雅斯奶奶」的反應，唐心訣明白了一切。

循環公路的迷障，根本就是這個NPC設下的陷阱！

對方以為她手中沒有特產，毫不意外邀請她進門……只能說明同樣的事情，老太太已經做了很多次。

公路上消失的室友究竟去了哪裡？答案水落石出。

看到紫色禮物盒那刻，瑪雅斯奶奶的眼珠彷彿被吸住一般無法移動，她下意識伸出手想接過來，卻撲了個空。

唐心訣將禮物盒移到背後，明知故問：「請問妳就是瑪雅斯奶奶嗎？」

老太太浮腫的臉抽動不止，似乎想直接搶過來，卻又受未知的威懾，只能被迫停在原地，甕聲甕氣回答：「沒錯，我就是瑪雅斯奶奶……親愛的孩子，快把特產給我。我已經等待它一整天啦！」

唐心訣卻沒有動彈的意思。面對催促，她只是笑笑：「我當然明白，這個特產對於瑪雅斯奶奶『很重要』，所以才要仔細確認，要是送錯就不好了。」

「真是荒謬……」瑪雅斯奶奶憤憤道：「我就站在這裡，還能怎麼證明？」

她被氣得眼球越來越凸，彷彿要撐出眼皮般驚悚。

「空口無據，」唐心訣搖頭：「有身分證嗎？」

瑪雅斯奶奶：「……」

身分證是什麼？能給鬼怪吃嗎？

「看來沒有，」唐心訣微笑起來：「既然如此，我就更不能輕易把特產給您了。除非……」

「除非什麼？」

「除非有人證。」

唐心訣斂去笑容：「如果瑪雅斯奶奶能讓我的室友出來幫忙確認，想必我會很樂意相信的。」

老太太緩緩收回手，不再維持虛偽的慈笑。

它意識到，眼前的學生是實打實通過了公路關卡，知道了副本的真相。以肯定的語氣說出要求，讓它原本裝傻矇騙的打算化為泡影，於是乾脆冷笑：「別忘記妳的任務是什麼，不立刻把東西交給我，妳永遠別想離開這裡。可憐的孩子，妳會餓死在這條路上，被夜晚的霧氣腐蝕成一堆骨頭！」

少女不卑不亢：「我會離開這裡的——和我的室友一起。」

她軟硬不吃。

「好吧，好吧。」老太太彷彿妥協了，側過乾癟的身體，讓出一條可供人通過的空隙：「妳的朋友就在裡面，如果妳真的想見到自己的朋友，就進去呼喚她們吧。」

唐心訣冷眼看著這個惺惺作態的老年鬼怪，它說出的每個字都不可信。

「如果瑪雅斯奶奶真的想拿到我手裡的特產，就把我的室友全都送出來，一手交人一手交貨。」

逐漸變濃的夜幕下，少女聲音柔和，卻沒有置喙的餘地。

考生在幾乎無解的困境中九死一生離開公路，和因失敗而被自動傳送到這裡的人相比，多出的就是一份輕飄飄的特產。

這份特產對於副本Boss的「重要性」，就是規則對鬼怪施加的限制條件。

——一個只要不出意外，絕對能使考生成功通關的條件。

瑪雅斯奶奶的臉扭曲變形，泛黃的牙齒咯吱咯吱作響，彷彿下一秒就要撲上來把唐心訣拖入屋內。但它卻始終沒有動。

唐心訣猜的沒錯。

考生一旦帶著特產來敲門，規則限制立即翻轉，她可以自如活動，受到制約的對像則改為了鬼怪。

就算瑪雅斯奶奶恨不得生撕這個人類少女，也不能真的動手。只能誘惑對方主動進門，試圖利用房子裡的規則控制她。

唐心訣如同釘在原地，聲音越來越冷：「瑪雅斯奶奶，我已經按照規則辛辛苦苦送了過來，妳是在拒絕簽收麼？」

「……」

老太太的表情變換不定，最終還是深吸一口氣，從牙縫裡擠出回答：「好，妳在這裡等著，我把她們還給妳。」

「不過妳的朋友和妳一樣狡詐，不知道現在正躲在哪裡，我要去先把她們一個個揪出來……」

唐心訣隨意晃動著手中禮物盒，「我們四人花了一整天時間將特產送過來，您應該不會恩將仇報讓她們有損傷，對吧？」

瑪雅斯看得血壓都要上來了，恨恨道：「放心吧，狡詐的新生，她們的生命力比米倉裡的老鼠還要頑強。」

它是個老奸巨猾的鬼怪，知道孰輕孰重，不會輕易被激怒到失去理智。因此即便苦心籌謀泡了湯，也會忍辱負重完成規則要求。

「對了，」它忽然想起什麼，擠出陰森森的笑，「親愛的孩子，感謝妳把這麼重要的東西送過來，作為回報，我會送給妳一個十分精美的禮物，讓妳永遠記得這場美好的公路之旅……」

它話沒能說完，只聽到一聲轟然巨響從房屋旁側炸開！

一人一鬼同時轉頭，只見紅房子的右側木牆被撞開一個半人大小的豁口，一個形似鐵鍋的拳頭在豁口處一閃而沒。

鄭晚晴的喊聲傳出：「我砸開了！快撞！」

「一、二、三！」

下一瞬，張遊和郭果抬著冰櫃，破牆而出。

瑪雅斯奶奶：「……」

唐心訣：「……」

木渣飛揚，張遊三人立即爬起來環顧四周，遙遙對上門口的視線。

四人一鬼大眼瞪小眼，面面相覷。

第六章　再次檢舉

瑪雅斯奶奶目眥盡裂看著被撞開大洞的房子，胸口急速起伏。

它已經是一個老奸巨猾的鬼怪了，不會輕易失去理智，不會輕易……

「砰！」

冰櫃從窟窿處哧溜滑下來，震得無數木屑簌簌掉落，殘缺的木牆發出摧枯拉朽的吱呀聲，損壞得更加嚴重。

不會失去、理、智……

瑪雅斯尖叫一聲，面容扭曲成布滿凸起的鬼臉，嘴巴張開半個頭大小，身上凝聚起一股股腥臭白霜，雙手指甲發黑變長。

「妳們竟然敢——」

唐心訣打斷吟唱：「妳的房子快塌了。」

瑪雅斯奶奶：「……」

被撞開大洞的牆壁搖搖欲墜，已經不知道多少年的木頭支架看起來並不足以支撐這場事故。先後有較大的木塊掉下來，有的砸進冰櫃裡，將已經凍成冰的綠色液體砸開一條裂縫。

難以形容的惡臭飛速蔓延。

鬼怪這才意識到更嚴重的問題：「我的湯底！」

張遊三人鑽出的木牆後面，正是專門存放「湯底」的冰庫。房子倒塌就算了，如果把湯底全都砸壞……

它神色大變，一時間竟連幾人都顧不得，腳底抹油般飛快向木牆飛去，卻被唐心訣眼疾手快用馬桶吸盤攔住，「妳不要特產了？」

老太太氣得渾身發抖，模樣十分猙獰可怕：「妳到底想做什麼！」

如果不是規則限制，她一定要把這幾個學生一針一針……

吸盤忽然移開，見少女已經神色如常：「玩笑而已。」

張遊三人這時已經跑到唐心訣身後。四人重新會合，太多資訊來不及交流，只能重重點頭。又見NPC忙於查看房屋受損情況，一時無暇顧及她們，張遊立即問：「我們要怎麼通關？」

唐心訣在門外能牽制NPC起，她們就明白唐心訣十有八九已經破除了循環。現在一見面更加確定了。

前有冤魂指路，後有室友上門，絕處逢生莫過如此。

「訣神啊嗚嗚嗚嚇死我了，幸虧妳來了！」郭果淚眼汪汪，想撲過去又意識到自己身上有一層冰霜，只能自抱自泣。

唐心訣的存在，即是一種安全感。此刻三人信心暴漲，鄭晚晴舉起拳頭躍躍欲試。

唐心訣卻搖搖頭，拿起特產禮物：「主線任務既然是給NPC特產，那就給它好了。」

天幕越來越黑，她感知到越來越濃郁的危險在裡面蠢蠢欲動。

時間拖得太長，對考生不利。

將禮物盒向屋內一擲，瑪雅斯奶奶立即有所感應。她神色不善地回頭，卻看見唐心訣從房屋門檻上順走了一樣寒光閃閃的東西。

瑪雅斯：「……」它的針線包！

唐心訣以來不及阻止的速度將針線包收走，反手打了個招呼，「謝謝瑪雅斯奶奶，妳給我們的精美禮物很讓人滿意。」

考試提示音在眾人耳邊響起：『你們已成功把特產送到瑪雅斯奶奶手中，美好的公路之旅告一段落，現在可以驅車離開了。』

與此同時，手機上的考試欄位也出現新的任務：『美好的時光總是短暫的，在瑪雅斯奶奶感激的目光中，你們決定婉拒留宿的請求，在黑夜澈底降臨前離開這裡，回到大學城……』

「……」

瑪雅斯目瞪口呆看著自己的針線包被「收走」，下意識想撲過來阻止，卻忘了身後的牆。

一陣不詳的「咯吱」聲從牆體結構上發出。

四人在車上齊聚那一刻，唐心訣踩下油門。後視鏡裡，紅色小屋以冰庫為中心，轟然塌下一整塊！

橫梁斷木將冰櫃壓得四分五裂，車尾氣和木渣揚塵混合，淹沒了老太太的尖叫。

四面八方的濃霧湧入車內，在逐漸滋生的鬼影中，敞篷車一騎絕塵，很快穿過這條小路，看到了更大的公路。

而在公路盡頭的霧氣裡，三棟宏偉得難以想像的建築遙遙矗立，燈火闌珊……

『寢室成員個人評價載入中……』

『姓名：唐心訣。』

『關卡：《公路旅行須知》。』

『輸出：47％。』

『抗傷：8％。』

『輔助：61%。』

『有效得分：4分。』

『解鎖成就：9個。』

『最終評價：打野輔助綜合型MVP。』

『偏科輔助計畫正在進行中，輔助積分+10。』

和以往一樣，唐心訣第一時間查看成績。

『考試團體總得分統計中……』

『此次您的考試為C級難度，總共得分92……』

資料還沒完全載入出來，APP畫面忽然出現卡頓，自動更新。

『此次您的考試為……A級……C級……』

螢幕閃爍中，有一段字眼不停跳動，來回變化。

『C級、A級、C級、A級……』

唐心訣深深蹙起眉，卻沒多意外。

從考試到現在，她的疑慮有了答案，猜測也被驗證。

——因為某種原因，也許是「瑪雅斯奶奶」閉環公路的算計，也許是鬼怪伍時的亂入，總之，考試難度又被升高了。

只是這次難度還沒被拔高到離譜，考試成績最終折中停留在「B級」難度上。

『總共得分92（滿分100），評價等級為：完美！』

『B級考試獎勵：每位寢室成員獲得3學分，12學生積分，健康值上限增加10……』

成績生成，唐心訣的基本資訊欄裡，也從九分變成了十二學分。

室友三人相繼醒來，張遊很快察覺到這問題，揉了揉眼睛：「是我記錯了嗎？我們報名的不是C級考試嗎？」

怎麼現在卻變成了……

三人同時想起某場不太美好的考試記憶，臉色瞬間變白。

垃圾遊戲，又坑了她們？

「妳記的沒錯。」

唐心訣已經打開客服欄位，明亮眼眸裡閃爍著不明寒光。

考試有誤，證據充足，就差把機會拍在臉上。她若抓不住，就對不起鬼怪那邊的以訛傳訛了。

一片罵聲裡，唐心訣不僅沒暴走，反而揚起令人背後發涼的笑。

「這次，我要檢舉到它們傾家蕩產。」

『親愛的同學你好，客服006號線上服務中，請說出你的問題。』

『你好，我想檢舉。』

不知是不是錯覺，唐心訣打出這句話後，螢幕似乎停頓了一秒：『親愛的同學你好，客服006號出現暫時性程式錯誤，正在與客服001號進行交接。』

對面還傳了刪節號，表示已下線。

唐心訣：「……」

又過了兩秒，對面慢吞吞彈出回覆：『客服001線上為您服務。』

如果螢幕對面此時是個人，唐心訣幾乎能想像出對方猝不及防被迫上崗，生無可戀的蒼涼狀態。

但客服的想法與她無關。

畢竟，她只是個平平無奇，按照規則行使權利的貧苦學生罷了。

三十分鐘後，唐心訣檢舉完畢，並將前因後果以及證據一一陳列，令人毫不懷疑如果條件允許，她可以直接拉出一份Excel表格，五千字文件正文陳述，再把參照的規則條例像參考文獻一樣填充在結尾。

——末了還會主動問客服需不需要檢查的那種。

客服：『……』

它機械地問：『請問還有需要補充的嗎？』

唐心訣沉吟：『嗯……』

還沒等她查漏補缺，客服 001 號生怕她開口一樣，連忙補丁：『已將您的問題向上回饋。』

『那算了。』唐心訣點點頭：『我想反映的差不多就這些。』

客服彷彿鬆了口氣：『結果將很快判定，請同學等待通知。』

唐心訣：『好的，不過請問一下，這些問題會回饋給誰，又由誰通知下來呢？』

她以飛快的手速截住了客服終止對話的速度。

客服 001 號：『……考試異常等相關問題，將統一回饋到教育中心，經由中心判定後，透過宿舍生存 APP 發放判處結果。』

『對此，系統將暫時封鎖你們寢室的考試成績，判定結束後重新發放。』

唐心訣將這些資訊記在心中，結束對話。

三名室友聽得頭昏腦漲，郭果裹緊自己的衣服：「心、心訣，上一場考試真的那麼可怕嗎？」

明明是她剛經歷差點被做成「湯底」的危險，但經過唐心訣的氣氛渲染和描述，她忽然對這場考試陌生了起來。

要是真的遇到唐心訣剛剛講的「地獄副本」，她選擇直接死亡。

唐心訣：「藝術加工而已。」

三人鬆一口氣。

經過瑪雅斯奶奶家一日遊，哪怕已經脫離副本，張遊三人彷彿仍然能聞到那股奇噁無比的臭味，寧可餓著肚子等成績，也對晚飯一點興趣都沒有。

唐心訣獨自吃了五塊壓縮餅乾，又日常測試異能，發現馬桶吸盤的問題仍舊存在。

而且這次，她又發現了一個新問題：馬桶吸盤的熟練度已經滿點，卻仍然停留在「馬桶吸盤小兵（三級）」，沒有繼續突破。

同時，它的基本特性也停留在「回血」和「破防」上，沒有任何變化。

顯然，馬桶吸盤的問題不僅僅影響到使用狀態，甚至影響到了整個異能的升級進階。

到底是什麼問題？

她隱隱有種預感，這問題需要到副本中尋找答案。

無論如何，馬桶吸盤是她第一個覺醒的本命異能，如果不能正常升級進化，無疑會對她的實力產生影響。進而影響副本通關。

生死攸關，毫釐必爭。

因此無論用任何辦法，她都必須讓馬桶吸盤重新恢復「健康」。

唐心訣：「嗝。」

馬桶吸盤：「嗝。」

夜晚九點，新的考試成績終於發了下來。

『此次考試難度為B級（偽），團體得分92（+10），獲得評價「完美」！』

『根據異常回饋處理結果，將對本場考試進行Bug補償：積分與屬性獎勵*2。』

一眨眼，每人平均得到六學分，唐心訣的總學分瞬間漲到十四，其他人也變成十三。

至於積分，在完美和B級同時加成下再乘二，哪怕沒有MVP翻倍加成，張遊三人也直接入帳五十四分。

眼見錢包從空蕩蕩到金燦燦，身價一日翻倍，眾人頓時覺得剛剛的考試都沒那麼噁心了。

「救命，我現在回憶起瑪雅斯奶奶那張可怕的臉，彷彿覆蓋上一層金錢的濾鏡。」

郭果睜大眼睛盯著自己的積分餘額，反覆確認這是真實後，感動得淚眼汪汪：「……那不是一張普通的鬼怪臉皮，那是一張能為我們帶來巨額財富的臉！」

在她們的分數判定中，有一個相當重要的分數，來自於對瑪雅斯奶奶「塌房」的評估。

系統依舊是熟悉的用詞：『你們對NPC造成了毀滅性打擊。』

身為一個副本的Boss級NPC，犧牲了自己的房子和工具，報銷了無數頓咖啡、餐點和加油費，自己賠得血本無歸換來考生們盆滿缽滿，這是何等的奉獻精神！

「那妳應該感謝心訣，感謝出Bug的考試系統，感謝自己運氣好沒有被提前刀掉。」

張遊扶了扶眼鏡，神情冷冽。

這是她第一次用如此嚴肅的語氣說話。

雖然從外表上看，唐心訣是四人裡最溫和無害的，妹妹頭郭果也小小一隻，反而是美貌搶眼的鄭晚晴和戴著厚底眼鏡的張遊比較犀利。但事實上，張遊反而是脾氣最好的一個，時常充當和事佬的家長角色。

她嚴肅起來，郭果立即噤聲不敢說話，意識到張遊生氣了。然而她不太清楚為什麼，只能向唐心訣投去求助眼神。

唐心訣最瞭解張遊，毫不意外她的反應。

張遊是安全謹慎型人格，她可以承受突發意外和危險，但是更喜歡提前計畫縝密行事。如果考試連難度都不能保證，無疑於把她們架在火上烤——這甚至不是危險突然翻倍的事情。在這種情況下，一切針對副本的準備都是沒意義的。誰知道難度會不會突然飆升，提前規劃反而會害死自己。

在她看來，這是比積分、學分，甚至一切好處都嚴重的問題！每次都事後補償，人要是死在副本裡，補償還有什麼用？

「我們不能一直這樣坐以待斃。」

張遊眉心緊鎖，目光焦慮晃動著。

唐心訣點頭寬慰她：「沒錯。所以在檢舉時，我重點強調了這件事。」身為一個遊戲系統，已經連續兩次出現規則被打破的低級錯誤，要是再來第三次，直接把規則吃了算了。

「想必這也是為什麼，我們得到的賠償比上次更多。並且……」

唐心訣展示APP畫面，在她的訊息提示上，比別人多出一句話。

『請保持可聯絡狀態，配合進一步調查溝通。』

進一步調查溝通？

「這麼說，遊戲的處理還沒結束。」張遊反覆揣摩這句話，嘆一口氣：「只是不知道它還會做什麼。」

「無論它想做什麼，我們都枕戈待旦。」

唐心訣打開成績，將用於分析記錄的筆記本翻到全新一頁。

「當然，就算它遲遲沒後續，我也不介意再花一學分提醒一下。」

用這次的積分獎勵，四人抓緊時間開始一場大採購。

這次資金相對充足，她們採購的方向瞄準了能力類商品。

張遊用五十積分買了一個道具：死亡帳本。

這個帳本既充當空間類道具，可以裝載物資，也可以用來當磚頭攻擊人，硬度堪比石頭。

她拿這個與鄭晚晴的鐵鍋拳頭對撞，居然不落下風，帳本攻擊力可見一斑。就連張遊自己都沒想到會這麼好用。

鄭晚晴大為震驚，自閉兩分鐘後果斷升級了拳頭技能。

她從「鐵鍋大的拳頭」進化為「鐵錘大的拳頭」。

郭果不解：「鐵錘難道比鐵鍋大嗎？」

鄭晚晴也不清楚，於是她使用了技能，剎那間斷臂前颳起一陣旋風，出現一個幾乎有半張書桌那麼大，一時間分不清是黑色錘頭還是拳頭的虛影。

「……」

這是金剛流星錘吧？

「鐵鍋」可以硬生生砸穿瑪雅斯奶奶家的木牆，進化到鐵錘以後，攻擊力肉眼可見變得更強。

鄭晚晴眼中閃爍著興奮，想找什麼東西練手，最後把目光定格在寢室門上。

唐心訣：「如果寢室門沒壞，無法證明技能威力。如果寢室門壞了，我們要花十倍積分修門。」

張遊：「損壞寢室裡任何東西，打掃寢室衛生一天。」

鄭晚晴悻悻收回手，「我就是看看嘛。」

另一邊，郭果依舊在陰陽眼進化和防身武器間徘徊不定，最終選擇了「驅魔」Buff，附加在脖子的水滴吊墜上，可以作用於大部分超自然生物。

「花錢一時爽，沒錢火葬場。」郭果念念有詞，「總有一天我要從法輔進化為法師。」

鄭晚晴想了想：「然後都是脆皮？」

「……妳憋說話！」

唐心訣最後才選定物品。

她買了四個一套的友情尾戒。雖然只能存儲不到三分之一立方公尺的空間，但對於還要借助衣服口袋的幾人來說，已經是飛躍式的便利。

尾戒屬於能力性道具，可以隨時隱藏。哪怕在考場裡換了身體，戒指也依舊在。

從此，她們終於不用再把手機放口袋裡，而是可以直接從異次元空間掏出來了！

至於剩下的，張遊三人湊了湊積分，再加上唐心訣變賣成就湊足一百五十積分，買了一個精神系技能。

『心靈連接（初級）：使用此技能，你可以與三到五人進行某種程度的「心靈相通」，你的精神力可以透過連接傳遞給其他人，驅散部分負面影響。』

『使用條件：僅限精神力量初步覺醒、免疫力＞30的精神系學生。』

這相當於輔助技能，唐心訣眼都沒眨就兌換下來。

在偏科輔助計畫的提醒下，她已經進一步確認了自己的發展方向——多方向發展。

這正好符合精神系的要求。

結束採購和升級，時間已經接近十一點，幾人準備最後洗手抽獎，再祈禱張遊能用「舊物回收」召喚出好用的副本物品。

四人正要各自先洗漱，唐心訣卻忽然出聲，「等一下，我收到了一封郵件。」

只見APP上，竟出現一個十分正式的郵件圖案，和訊息提示一樣閃動不止。

遊戲這麼快就想好後續措施了？

唐心訣當即打開，旋即彈出一封郵件：

『親愛的同學：

你的回饋已被接收，針對特殊情況，輔導員將擇期進行寢室走訪，請做好準備。

——教育中心』

寂靜中，四人的眼睛一點點睜大。

輔導員？走訪？

原來客服之前說的「進一步調查溝通」，指的就是這個？

屋內一時靜默。

雖然早就知道輔導員的存在，但猝不及防面臨「探訪」，還是有些茫然。

她們完全沒準備啊！

而且郵件沒有任何詳細資訊，例如輔導員是誰、什麼時候來、探訪的流程是什麼……

郭果捂住腦袋試圖逃避：「救命啊，這比小時候老師突然家訪還可怕！」

鄭晚晴臉色也不佳：「比我剛上傳論文初稿，導師就找上門來讓重新選題還要可怕。」

最重要的是，她們目前還對這個「輔導員」一無所知。對方是惡意、善意，還是中立？只要和遊戲有關，眾人總有一種不好的預感。

張遊憂心忡忡：「這次我來聯絡客服問一下吧。」

她打開APP，正要跳轉到客服畫面，螢幕卻忽然提示：『超過服務時間，客服已下班。』

……辣雞遊戲！不想幹別幹了！

唐心訣反而開導幾人：「既然是無力改變的事，就不必太擔心。從這角度看，我們反而是安全的。」

室友：「真的嗎！為什麼？」

唐心訣：「因為我們太弱了。」

室友：「……」

看著三張無語凝噎的小臉，唐心訣笑了笑：「妳們發現了嗎？這個遊戲等級分明。按照邏輯，輔導員的等級應該遠超我們遇到的所有鬼怪，剛進入遊戲的學生與之相比可以說是蚍蜉撼大樹。如果對方真的對我們做出不利舉動，我們也無法反抗。」

「遊戲要是這麼純粹的想搞死我們，不如把全體學生綁在樹上掃射，活下來的放回現實算了。」

噗，張遊忍俊不禁。鄭晚晴亮出兩排白牙，焦灼氣氛頓時一鬆。

開了個玩笑，唐心訣恢復正經：「可我們活到現在了，不是麼？」

兵來將擋水來土掩，哪怕面臨絕處，至少有一線生機。

經此一說，眾人也想開了，該吃吃該喝喝，然後照常抽獎。

「餅乾、水、水、餅乾……」

數著永遠重複的食物，郭果表情乾癟得像塊餅乾。

「來瓶可樂也行啊！」

話音未落，唐心訣面前白光一閃，出現一瓶大瓶裝可樂。

「謝謝，我原諒這個世界了。」郭果非常容易滿足。

由於這次有效得分少，幾人加起來沒抽幾次轉盤，除了食物便是一些沒什麼用的生活用品，諸如缺角的陶瓷漱口杯、沒有電池的手電筒、散發出不明腐臭味的筷子等。

張遊將它們統一收容進不知名角落，然後動手簡單清理了寢室，沒過多久，整間屋子煥然一新。

「無論什麼時候，都不能放棄打掃衛生和整理物資。」

張遊伸出兩隻手：「世間一切條理，就是力量之源！」

一陣微不可察的風颳過，張遊雙手中有一閃而沒的微弱光芒。

技能，舊物回收！

下一剎，一塊巨大的，冒著寒氣的白色不知名物體，嘭地砸在地上。

幾人睜大雙眼。

尤其是張郭鄭三人，她們化成灰也不會忘記在瑪雅斯奶奶家的心理陰影，尤其是裝滿「湯底」的冰庫。

如果她們沒看錯，眼前這塊白色物體，分明就是那冰庫中，用來盛裝湯底的冰櫃……碎片。碎片邊緣還沾著幾滴綠色液體。

郭果十分震驚：「這個東西竟然也能被回收……嘔！」

難聞至極的惡臭充溢整個寢室，四人紛紛乾嘔摀嘴。

門外走廊，日夜不停的沉重腳步和刮擦聲正好走到門口，聲音竟破天荒停滯了。

腳步聲：「嘔。」

此刻的六〇六，連不明怪物都認證的臭。

剛剛打掃完，還特地噴了空氣清新劑的張遊：「……」

凌晨十二點，冰櫃碎片終於被清潔完畢。

綠色湯底液體被層層密封，並保存到鏡子空間裡。變乾淨的冰櫃碎片則擺在寢室門旁邊，它正好是冰櫃邊角，可以用來充當收納，存放了唐心訣從瑪雅斯奶奶那裡順來的針線包。

圍觀張遊清潔過程的三人，佩服得五體投地。彷彿看的不是清潔，而是一場魔法秀。

施法結束，張遊筋疲力盡：「我先洗澡了。」

「需要幫您送浴巾和洗髮精嗎？」

「這是我珍藏的名牌沐浴乳！」

「您盡情洗，今天浴室是您一個人的！」

三人極盡諂媚。

張遊：「……這些都不用，如果可以，請祈禱我等等睡覺做夢別夢到ＮＰＣ家冰庫就行。我實在是——嘔。」

算了，一切盡在不言中。

如此折騰到凌晨一點，在電視機無鼻鬼的新聞放送中，幾人收拾上床，漸漸進入夢鄉。

『今日，居住於大學城城外公路的居民瑪雅斯奶奶連夜上訪，向教育中心申請開通老年人補助金。在得知教育中心沒有老年人服務部門後，瑪雅斯奶奶站在中心外怒罵三小時，並改為報案，宣稱家中遭賊導致針線包失竊，然後得知教育中心也沒有報警部門……』

無鼻鬼感同身受地嘆了口氣：『唉，大學城真是一個冷漠的地方。在我多次想做鼻子整容手術，卻發現這裡根本沒有整容醫院時，也是這麼想的。』

『叮叮——』警告聲響起，警告無鼻鬼不要偏題。

無鼻鬼吐了吐一公尺長的舌頭，繼續念稿：『近日，為迎接大學城第一次週末比賽日到來，三所大學正在搜尋可以幫助學生們提前適應比賽的課程。同時，三本大學以「你們又沒有新生」為由，拒絕與一本、二本合作。衝突升級後，三本大學剛剛修好的校門再次慘遭損毀……』

無鼻鬼聲音忽然一頓，它抬起腦袋，充滿驚恐的眼睛望向螢幕外，似乎感應到某個十分恐怖的事物。

隨著走廊裡來回巡視的沉重腳步聲接近，無鼻鬼開始哆嗦，翕動著嘴角卻念不出詞。由於過於驚恐，它兩隻眼珠爭先恐後擠出眼眶掉進手裡，最後乾脆整隻鬼往桌下一鑽，放棄了繼續播報。

「滋啦——」

電視螢幕黑掉。

唐心訣聽到有人在呼喚自己。

她努力爬起，發現自己正躺在一個潮濕黑暗的山洞底部。

環顧四周，山洞沒有出口，只在最頂端有一個小小的圓形缺口，稀薄的光線就從裡面照射進來，照亮了極幽極深的洞內。

仔細觀察洞壁，唐心訣發現這座山洞近似於錐形瓶的形狀，越向下空間越大，最上方只有一個小小的洞口，底端卻寬廣得看不見邊緣，無法估測面積。

呼喚聲在遠處隱隱約約響起，一下子強一下子弱，不僅聽不清是誰，甚至連是男是女都聽不出來。唐心訣試探著往前走，在山洞更深處，終於見到了聲音來源。

這聲音原來不屬於任何一個人。

它是一群人的呼喚。

這群人似乎有男有女，有高有矮。他們一半站在光線下，一半沒入黑暗中，看不清著裝與模樣。

他們有人在招手，有人在後縮，有人呆滯不動，有人晃動不休。

唐心訣確信，自己不認識這些人。

可是他們為什麼要呼喚自己？

唐心訣聽不清他們的聲音，卻又能感知到，他們的確在叫自己。

這是哪裡？他們是誰？

唐心訣不自覺向前走，似乎再走近一步，就能看清一切⋯⋯

可是剛抬腿，一股劇痛便從胸口竄起，唐心訣嗚地吐出一口血，捂住腦袋。

疼痛感又出現在腦中，耳鳴如同雷響，令她頭痛欲裂。

不對勁！

唐心訣收腿後退，可一股力量牽引著她向前，與她自身的意願相悖。

她立即集中精神力，試圖收回對身體的掌控權，終於勉強抵住那股力量的操控，僵持在原地。

精神力消耗的速度快到難以想像，沒過多久就被抽空，巨大疲憊感湧上來，唐心訣只能死死咬牙堅持。

直覺告訴她，絕對不能被控制，絕對不能繼續向前走！

「刺啦——」

不合時宜的刮擦聲從頂端洞口遙遙傳下來，令唐心訣激靈了一下，循著有些熟悉的聲音抬頭看去。

「咚、咚！」

這次是沉重腳步聲。

聲音更加熟悉了，唐心訣努力在腦海中尋找它的身分，想要抓住什麼——她想起來了。

異響來自寢室門外走廊裡日夜巡走的不明生物。

而她本應該在寢室，並不在山洞中。這裡不是現實，而是……夢境。

想清楚的瞬間，她猛然睜開眼，意識回歸現實！

她已經不在床上，而是不知何時爬下來，走到了陽臺窗前。

陽臺窗外，一顆紅色的，占滿窗戶的巨大眼球，正在冷冷看著她。

它的眼神中沒有善意。

思念陡轉，唐心訣剛要開口，眼球的聲音卻先一步刺穿她的腦海。

『黑暗生物，你怎麼會混入人類學生的宿舍？』

第七章　輔導員降臨

唐心訣：？

黑暗生物？罵誰呢？

聲音震得腦海嗡嗚作響，一陣腥熱湧上咽喉，她張嘴吐出一口血。

血紅眼球依舊冷冷注視她，那聲音再次響起：『連人體反應都能偽裝出來，在冊的黑暗生物沒有妳的記錄，妳是自主變異的，還是有人暗中幫妳？』

唐心訣無法開口說話，血又從鼻孔流了出來。難以形容的聲音像是直接刻在腦海裡，每個字都令人頭痛欲裂，精神幾近潰散。

她強忍著沒有倒下，抽出馬桶吸盤杵在地上支撐身體，全部心神都用來凝聚精神力。

馬桶吸盤似乎感應到她的痛苦，焦急吐出一口水。

紅眼球閃過一絲驚訝：『竟然連異能都偽造了，還是罕見的物體類異能。』

唐心訣：「……」

精神力終於艱難凝聚，觸發技能：『精神控制：增強對精神攻擊下的免疫，也是自我控制的基礎。』

疼痛感減輕，喉嚨通氣，她終於啞聲開口：「我不是黑暗生物，我是人……」

『撒謊。』

強烈數倍的壓迫感再次降臨，唐心訣又噴出一口血，這次似乎連肋骨都被折斷，握著馬桶吸盤的手痛到發白。

「刺啦——」

門外響起腳步和刮碰聲。

這個永遠徘徊在走廊的不明生物，原本不會在夜晚十二點後靠近門口，但這次它卻在六〇六門口踱步，發出刺耳的刮蹭聲。

『咦。』

紅色眼球微微轉動，籃球大小的漆黑瞳仁轉向寢室門。

『黑暗生物的偽裝竟能蒙蔽守護者？』

這倒是十分令它意外。

唐心訣有氣無力地扯了扯嘴角：「你就沒想過另一種可能性嗎……輔導員？」

『妳說什麼？』

眼球立即轉回來，它緊貼著陽臺窗，瞳仁外是濃稠的猩紅色，正面看去擠滿人類視野，帶來令人窒息的感官衝擊。

但是唐心訣已經看不太清了，她眼前漫開稀薄的血色。

她用最後的力氣取出手機，貼到窗上，螢幕畫面是她的個人資訊欄。

紅色眼球停頓了。

瞳仁盯著手機螢幕看了兩秒，又看向唐心訣，又看向螢幕……

然後沉默數秒，『妳走近點。』

唐心訣乾脆放任身體栽下去，額頭貼著玻璃窗，與眼球只隔一面薄玻璃的距離。

她的血液在玻璃上緩緩滑落，被某種力量吸著穿透玻璃，落入眼球表面。

『……』

眼球：完蛋，認錯了！

在腦海裡震盪的聲音陡然抽離消失，一股柔和力量降落在身上，疼痛飛快褪去。沒過幾秒，力量完全恢復的唐心訣重新站起來，用手擦臉上的血。

眼球心虛地微晃，唐心訣感覺臉上一涼，血跡也消失了。

就像剛剛發生的一切都是場幻覺。

她能隱隱感覺到，眼球不再有攻擊性，只靜靜停留在窗外。這一幕令她驀然想起遊戲降臨的第一個夜晚，出現在陽臺的巨大黃色眼珠。

那個眼球和眼前這個相比，有相似之處，卻又不是同一個。

將思緒壓下去，唐心訣沒有問對方為什麼認錯，而是開口問道：「你就是來訪的輔導員嗎？」

紅眼球沒有回答，只是輕輕撞擊窗戶。

唐心訣微妙地理解到對方的意思，它的聲音出現在大腦中，會帶來痛苦和損傷，因此才緘口不說。

「那我先叫醒室友了。」

眼球上下晃動，形似點頭。

唐心訣也點點頭，然後舉起馬桶吸盤。下一瞬，宛如一群鬼怪被踩嗓子般的淒厲尖叫直衝房頂。

「啊啊啊！」

三個室友垂死病中驚坐起，頂著雞窩頭往下看：「心訣妳幹什……我靠？」

郭果捂著心臟，爆發出比馬桶吸盤還要淒慘的尖叫聲。

「救命啊！有怪物夜襲！」

鄭晚晴祭出「鐵錘大的拳頭」，張遊抄起帳本，三人紛紛跳下床如臨大敵。

唐心訣：「介紹一下，這是——」

張遊眉頭緊鎖：「我知道，只是奇怪，黑暗生物竟然能夜襲人類宿舍？」

大眼球：「……」

它緩慢轉動瞳仁，最後鎖定在瑟瑟發抖的郭果身上。

郭果驚恐後退：「它是不是在看我？」

她剛要掏出防護符，忽然身體一抖，防護符掉落在地。再抬頭時，整個人氣質大變：「我是你們的輔導員。」

聲音明明是從郭果嘴裡發出來的，卻又不是她的聲音，反而更像是一個中年女子的音色。

唐心訣：「你附在郭果身上了？」

「郭果」點頭：「直接交流比較困難，借這位同學的特殊體質和大家交流一下，不會影響到她，麻煩妳們了。」

她說話時彬彬有禮，十分溫和，一點也看不出剛剛要搞死唐心訣的模樣。

只是目光掃到唐心訣時不留痕跡地跳過，流露出些許心虛。

張游和鄭晚晴大驚：「你就是輔導員？」

她們的輔導員，是一個……大眼珠子？

輔導員不急不緩解釋：「我本來的樣子不方便過來，於是只用了一部分，選取了妳們比較能接受的形象。」

眾人：她們不太能接受！

震驚過後進入正題，輔導員開門見山說了自己來的目的，果然是因為唐心訣的檢舉。

「這是一個很罕見的情況，雖然不排除系統 Bug 的可能，但在短時間內連續發生兩次。所以我親自探視，找出更多原因。」

「郭果」雙手合攏，眉心微微凝聚，嚴肅老成的神情出現在年輕少女的臉龐上。

眾人一時竟不知該說什麼。

唐心訣開口打破寂靜：「需要我們配合回答問題嗎？」

「不。」輔導員卻搖了搖頭，她抬起屬於郭果的臉，幽深的目光與唐心訣對視，「我想，我已經明白原因了。」

「很抱歉，剛剛錯認這位同學為黑暗生物，險些殺死妳。」

落座後，輔導員先向唐心訣道歉。

室友：！

就在她們酣然熟睡一無所知的時候，唐心訣竟然差點被輔導員弄死？

唐心訣神色沒什麼變化：「輔導員不會無緣無故認錯，想必是有理由的。」

從這一點講，至少輔導員與學生不是敵對關係，甚至會幫學生清除危險——只是清錯了人。

輔導員嘆一口氣：「妳身上的黑暗氣息濃郁，遠超出正常學生。再加上同時有一些……不良學生的標記，反而讓我誤以為妳自身的人類氣息是偽裝而成。」

唐心訣將對方的說的話一一記住，思緒轉了一圈卻落到一個詞上，眸光微挑。

一些？一些標記？

唐心訣立即想到小紅說過的話。

——「這是一個來自高階的標記，代表有人記住了妳。」

如果兩者指的意思相同……怎麼現在從「一個」變成了「一些」？

還沒來得及追問更多，輔導員操縱著郭果的手向上一劃，唐心訣眼前便陡然一黑。

在黑暗中睜眼四顧，她已重新回到山洞裡。

「妳好好看看，看見了什麼？」

輔導員的聲音從狹小洞口外響起。

這一次沒有外界力量干擾，唐心訣輕鬆凝聚起精神，再抬眼看去時，便意識到不同。

山洞中並非空無一物。眼前伸手不見五指的黑暗，其實是一層層漂浮縈繞的黑霧！

不知為何，這黑霧給她一種熟悉的陰冷感，卻沒有攻擊她，而是靜靜漂浮在原地。

這次，唐心訣無師自通地集中注意力，伸出「手」揮散了面前的霧氣。

霧氣稍稍散開，露出裡面幾樣東西。

一個小玻璃瓶懸在空中，玻璃瓶旁是一枚銀色戒指，戒指散發著渾濁的黃色光暈……走近看，唐心訣才發現那不是光，而是一顆飄在戒指後面的黃色眼球，正在滴溜溜轉動。

而眼球下面飄著的，是一塊圓環狀白色不明物體，她不得不再湊近，才認出這是一卷白色膠帶。

這幾樣物品隱蔽在黑霧裡，就算察覺到異常也很難發現。

唐心訣隱隱明白這座山洞是什麼了……不過更重要的是眼前之物。

當她伸出手觸碰，感受到一股無形阻力擋在身前，黑霧也有重新合攏的趨勢。

「妳想把它們取出來？」輔導員在外面問。

唐心訣皺眉：「很難。」

輔導員：「沒錯。」

話音方落，一股力量攢著她向上一拔，唐心訣睜開眼，面前又變成了熟悉的寢室。

室友正睜大眼睛看著她。

另一邊，輔導員正襟危坐：「妳看到的，就是妳得到的所有標記。」

唐心訣沉吟兩秒：「我總共看到了四個。」——的確可以用「一些」來形容。

「之前也有人提醒過我，不過那時，它只說我身上有一個標記。」

有兩種可能性，一種是小紅只能感應到標記的存在，看不清數量；另一種可能性，剩下的標記是遇見小紅後增加的。

輔導員點頭：「妳猜的都有道理。有一些來自一本大學的不良學生，或是不太正派的校外人士，會因為種種原因把標記留在新生身上。不過機率很小，因為標記也需要付出代價。至於身上有這麼多標記的……」

輔導員端莊地斟酌了下用詞，溫和道：「的確比較罕見。足以見得，妳是一個很有潛力的學生。」

「它們為什麼會把標記留在我身上？」

「正常來說，是為了尋仇。」

「……」

這就是所謂的「潛力」？

輔導員和顏悅色：「探訪時間有限，關於標記的事，妳還可以問最後一個問題。」

唐心訣垂眸思考須臾，沒有問如何清除標記，而是開口道：「這些標記，以及輔導員錯認我為黑暗生物，是影響我們考試難度出 Bug 的原因之一嗎？」

輔導員微笑一僵。很顯然，她不太想回答關於錯手失誤的問題。

但話已出口，她只能輕咳一聲：「考試是公平的，我不能回答妳它的篩選規則。只是有時，過度的公平也會帶來一些疏漏……當它認為妳們的能力足以勝任，就會放寬難度限制，同時也方便了一些心懷叵測之人的趁虛而入。」

輔導員沒把話說滿，露出一個懂的都懂的表情。

唐心訣微笑點頭：「比如？」

輔導員：「……」

她不得不攤開細講：「簡單來說，如果連輔導員都會把妳錯認成黑暗生物，那麼系統自然偶爾會混淆妳與不良學生的差別。如果考試系統判定考生方有近似不良學生的存在，妳們承受的難度就會增加。」

唐心訣若有所思：「我原本以為認錯是輔導員的個人原因。因為在副本中，並沒有鬼怪……不良學生錯認我的身分。」

輔導員：「……」

她擦了把不存在的汗：「咳，考試中立場明確，現在情況特殊嘛。」

還好下一句，唐心訣就把話題轉回主線：「所以，是我影響了系統的判斷？」

輔導員點頭：「唐同學，我恐怕要很遺憾的說。妳的能力越強，氣息就越駁雜，引起系統混淆的機率就越大……這很可能會成為一個惡性循環。」

黑霧代表著黑暗氣息、霧中物品代表著鬼怪的標記。這兩種氣息交織在她的識海裡，唯獨人類氣息稀薄。

為什麼會這樣？

唐心訣心中有猜測，卻沒宣於言表。她與室友對視一眼，一齊問輔導員：「有解決辦法嗎？」

「這次探訪本來只是搜集情況，並未準備解決辦法。」

輔導員十分人性化地攤手，彷彿真的只是個普通輔導員——如果門外沒有巨大紅色眼球，這動作又沒有出現在郭果身上的話。

下一秒她話鋒一轉：「當然，出於對誤傷唐同學的人道主義愧疚，我決定送給妳一件禮物。」

她張開手掌，輕輕在唐心訣眉心點了一下。

「這是我的鼓勵，當妳開啟它，其他氣息就會被暫時遮蓋。當妳關閉它，又會恢復原樣。」

說完，她微笑著收回手，似乎在等待什麼。

張遊與鄭晚晴立即意識到，這位輔導員可能在等她們表達感謝。

然而沒等她們開口，唐心訣忽然身形一晃，向一旁倒去！

「心訣！」兩人驚呼出聲扶住她。

附在郭果身上的輔導員也嚇得雙手交握，伸著腦袋探頭：「我我、我的鼓勵應該不會對學生造成傷害啊？」

床鋪樓梯旁，唐心訣扶著自己的太陽穴，常年蒼白的皮膚只要用力抿唇，看起來就從營養不良升級到重屙纏身。

剛剛的沉著冷靜和精氣神不知所蹤，現在一副虛弱無比的狀態。

唐心訣咳嗽兩聲，輕聲開口：「身體倒沒什麼問題，只是一碰到輔導員，就不禁回憶起方才距離死神只有一步之遙的痛苦。不瞞您說，我從小就膽小易受驚，一受驚嚇就容易留下後遺症，比如被害妄想、四肢無力、智商受損……幻聽、幻視和潛意識紊亂等等。」

她捂住心口，臉上心有餘悸。

輔導員：「對，對不起，是我剛剛衝動了。所以作為補償，我才把『鼓勵』贈送給妳……」

唐心訣搖頭，強顏歡笑：「不，輔導員能盡職盡責前來探訪，積極為系統的問題尋找解決方法，已經是我們的幸運。哪怕被誤殺，也只是出於您的關懷，怎麼能反而埋怨呢？我會在接下來的考試中努力克服心理陰影，畢竟我的室友是心理系，可以幫忙疏導。」

她弱不禁風地指向鄭晚晴。

鄭晚晴一臉茫然：「妳說什麼，可我是學金融的，不是心理啊？」

「啊，怎會如此……」唐心訣掩面嘆息，「唉，這就是我的命吧。」

室友：「……」

輔導員：「……」

不等其他人反應，她又倏地開口：「但沒關係，方法總比困難多。為了生存，我也可以冒著危險在副本裡尋找幫助，或許其他見多識廣的同學、老師有類似經歷。在他們瞭解情況後，也許能幫到我——」

輔導員倒吸一口氣，連忙阻止她，「別、別出去說！」

她擠出一絲親和微笑：「大家有事好好解決嘛……妳看，妳還需要什麼？」

得到輔導員鬆口，唐心訣毫不猶豫：「我失去戰鬥力後，需要室友的保護，但是室友在考試中失去一隻手臂。」

她把鄭晚晴推到前面。

輔導員只投視一眼，便明白了前因後果。她認真思考須臾，輕緩開口：「有時，失去並不代表殘缺，反而是另一個機會的開始。」

鄭晚晴微怔垂眸，看向自己空蕩蕩的袖子。又聽輔導員說：「我不能使妳的身軀重新生長，希望我的祝福能讓妳更加健康強壯。」

祝福生成，一道微光落在鄭晚晴身上，她下意識摸頭，「謝、謝謝。」

「不客氣。」輔導員面帶微笑，「所以……」

「所以既然人的身體會受傷生病，那麼——」唐心訣不著痕跡地轉移話題，神態誠懇又無辜：「我們覺醒的異能，也同樣會患病嗎？」

她攤開掌心的異能武器，馬桶吸盤懨懨吐出一股水。

輔導員成功轉移注意力，脫口而出：「哦對，這是妳的異能。它和妳的連繫很緊密，這很少見，妳是怎麼覺醒的？」

待唐心訣把覺醒原因說了一遍，她恍然大悟：「原來如此，它是妳們的生活用品。」

輔導員興致勃勃：「怪不得我一見它就感覺十分親切有趣，它叫什麼？在妳們生活中是做什麼用的？」

唐心訣點頭：「它叫馬桶吸盤，是用來通廁所的。」

輔導員：「……」

自行理解了這幾個詞的含義，她乾巴巴點頭：「原來如此……咳咳，關於它的問題，我只能感受到並不嚴重。放心，異能與主體相連，如果它受到了重大損傷，主體會比任何人都先感應。」

簡而言之問題不大。

唐心訣卻不打算讓對方含糊過去，立即追問修理管道。

這倒是難倒了輔導員，她集中注意力思考半晌，終於一拍手：「大學城裡有專門的修理鋪，業務應該擴展到學生了。我倒是有修理鋪的聯絡方式，只可惜無法具象為妳們能看懂的符號，只能去考試中碰碰運氣……」

話音未落，卻見唐心訣手中不知何時多了支粉紅色翻蓋手機。

「如果聯絡方式無法轉述，不妨錄入手機通訊錄試試？」

輔導員：？

她恍恍惚惚接過手機，存完號碼後順手向下一翻，忽然驚訝道：「裡面還有我的聯絡方式？這是妳的手機？怎麼得到的？」

唐心訣泰然自若取回來，「這是我一位朋友送給我的。」

輔導員反應兩秒，意識到什麼：「對於大學城很多本土學生來說，手機是十分珍貴的，妳說的這位朋友——是自願給妳的嗎？」

她好像明白，為什麼唐心訣能擁有數量如此離譜的高階標記了。

「千里送鵝毛，禮輕情意重。其實手機的價值對我們來說並不重要，身為平凡的學生，在考試中能得到不同朋友的關照，咳咳，」唐心訣捂住嘴，虛弱咳嗽兩聲：「這或許就是友誼的偉大之處吧。」

「……」輔導員語氣委婉：「唐同學，從妳剛剛能抵抗住我的召喚和斥責來看，妳的精神力很強大。加上本命異能加成，完全可以對部分本土學生造成威脅，大可不必妄自菲薄。」

此刻女生柔弱得彷彿風一吹就散，要不是剛剛親眼見唐心訣面無表情擦掉七竅出的血，她差點就信了。

唐心訣臉不紅心不跳：「考試系統的Bug證明，判斷是有可能失誤的。就像此刻您附身的郭果同學，她雖然有陰陽眼通靈體質，但卻比我還要膽小脆弱，不知以後會不會因此產生心裡陰影……」

輔導員從未如此清晰的意識到什麼叫如坐針氈——要是再待下去，她可能會被剝掉一層皮。

終於醒悟的她火速看了時間一眼，如蒙大赦：「啊，探訪時間到了！抱歉同學們，我就不打擾妳們休息了呵呵呵。」

「等等。」唐心訣忽然出聲叫住，指向新增一名聯絡人的手機通訊錄，笑道：「大學一線牽，相見就是緣。為了方便下次聯絡，不知道輔導員怎麼稱呼？」

輔導員大驚失色，還有下次聯絡？

唐心訣著重強調：「畢竟，我們的『偏科輔助計畫』就是由您開啟並負責的。」

「……原來如此。」

有什麼能立刻改變時間線阻止過去的她做決定的方法嗎？

最後，她只能一邊微笑表示下次一定，一邊疲憊且迅速抽離郭果身體。

紅色眼球恢復轉動，它在黑暗中逐漸模糊淡去。唐心訣認真觀察著這一幕，在眼球澈底消失後，她將掌心貼到玻璃窗上。

一如既往的陰冷刺骨，黑暗物質無聲撞擊玻璃窗，想侵蝕她的血肉。

唐心訣開啟「輔導員的鼓勵」，她能感覺到，自己的氣息發生了微妙變化。

與此同時，湧動的黑暗安靜下來，不再撞擊陽臺窗。

這次，她在窗前站了很久。黑暗映照著清瘦的面容，於漫長的寂靜中，終於露出一抹笑意。

「心訣，妳沒事吧？」身後傳來室友擔心的呼喊。

「沒事。」唐心訣搖搖頭，雙眸亮得驚人，緩緩開口：「我只是想到了一件開心的事情。」

清晨六點，郭果看著面前的唐心訣，猶豫再三還是問：「心訣，妳真的沒事嗎？」

唐心訣核對完最後一份筆記，奕奕有神抬頭：「沒事啊。」

郭果：「……」可是妳頂著兩個大黑眼圈，不像沒事的樣子啊！

以她們現在的身體機能，熬夜也不會留下黑眼圈。像唐心訣這樣眼下青黑，必定是一整夜都在高速用腦，要不然無法整理出一遝筆記。

郭果三人一邊看著唐心訣，一邊有一口沒一口啃餅乾，交換憂慮的眼神。

她們認為，唐心訣很可能是受到昨天那名輔導員的刺激。

畢竟輔導員把她錯認成黑暗生物險些當場打殺，又親口說連考試系統都可能錯認她為鬼怪，而這一切竟來自於她體內黑暗氣息過多，不像人——這對於一個正常人來說，無異於天大的噩耗。

五分鐘後，唐心訣擱筆吐氣：「搞完了！」

她把十幾張記滿筆記的紙鋪開：「妳們應該還記得昨晚的事，輔導員說的沒錯，我體內的確有很多黑暗氣息，沒錯，就是黑暗生物的那個黑暗。」

三人精神緊繃，準備唐心訣一旦露出沮喪懷疑，就打斷她並用畢生所學心理知識進行安慰。

唐心訣抽出其中一張紙，推到三人面前：「妳們看，這是什麼。」

鄭晚晴：「接近三角形的圖案，這是什麼新型數學建模嗎？」

郭果：「大肚子水瓶。」

張遊：「一個錐形空間？」

唐心訣搖搖頭，眸光閃爍著興奮：「這是我的大腦。」

三人：？

她在裡面畫滿波浪線，又問：「這是什麼？」

這次三人不敢輕易回答，半晌，鄭晚晴神情凝重：「這是妳腦子裡的水？」

「……」

唐心訣眸光狂熱：「這是那些黑暗氣息。」

她又在波浪線裡畫了四個奇形怪狀的圖形，「這些不用我說，妳們應該也明白了。」

鄭晚晴脫口而出：「這代表我們四個人永遠在一起唔——」

郭果堵住鄭晚晴的嘴，認真打量紙上的四個奇怪多邊形，得出結論：「結合昨晚的資訊，這應該是鬼怪在妳身上留下的四個標記吧？」

唐心訣終於點頭，直起身體：「過往噩夢纏身的三年，我異於常人的精神力、侵蝕我的黑暗氣息，還有這些標記，關於這一切。」

「今天，我終於進一步瞭解了。」

第八章　衛生突擊檢查

遊戲降臨前，唐心訣一直以為，噩夢僅僅是大腦受到刺激後的心理暗示。

當怪物從黑暗中湧現，噩夢照進現實，她暫時將這三年噩夢當做某種預言，彷彿隱晦的劇透，提前展現出黑暗生物的細節。

但直到昨夜，在「山洞」中看到黑霧幢幢的瞬間，她才意識到，自己忽略了另一個可能性——噩夢，為什麼不能是真實的？

「……妳的意思是說，過去三年裡，妳並不只是做噩夢，而是真正接觸了黑暗生物，以噩夢的形式進行戰鬥和逃生？」

聽完陳述，張遊終於總結出這一點。說到最後幾個字，她的聲音下意識變得高昂。

黑暗生物有多危險，她在副本裡親身體驗過。

更何況三年前，沒有異能也沒有道具，唐心訣只是一個高中剛畢業的學生！一旦在噩夢中失手……

她不可思議地看向對方。

唐心訣輕點眸光：「如果把夢境看做另一種形式的真實，在夢境中死亡，或許並不會讓我現實中的身體受損，但會以另一種方式殺死我。」

精神的死亡也是死亡。

在徹夜不寐的一晚裡，唐心訣回憶了很多，不知道該慶幸還是心驚。

千奇百怪的噩夢和追殺，她從來沒有放棄和懈怠，哪怕知道是荒誕的夢，也當做真實發生的一樣拚盡全力，才一次又一次死裡逃生。

她到底有多少次和死亡擦肩而過？

「等等，我沒懂！」郭果舉手插入對話：「訣神、訣神，先不說為什麼妳的夢比遊戲早三年出現，昨晚到底發生什麼了，和這件事有什麼關係啊？」

最重要的是，唐心訣和輔導員神神祕祕說什麼黑暗氣息、判定錯誤、不像人等等，每個詞都在她敏感害怕的神經上瘋狂蹦跳。

再不弄清楚，不等下一場考試開始，郭果就要被自己的想像嚇死了。

在郭果懇切的目光下，唐心訣再次推出筆記紙，上面已經被畫得慘不忍睹，只能隱約看出原本的錐形輪廓。

她將在「山洞」裡的所見之景簡單描述，最後歸結：「山洞裡面的空間，就是一個上方無限縮小，下方無限擴大的錐形。」

人的意識經常用冰山來形容，一小部分露出水面，大部分沉入水底。輔導員本想殺她，卻誤打誤撞讓她進入了自己的意識底部，窺見了裡面的模樣。

「而這座山洞，就是我精神力的全部——我的識海。」

表層意識就像被外界微光照射的洞口，而在光線照不到的地方，是幽深而廣袤的深層意識空間。

輔導員所說的黑暗氣息，以黑霧形態在深處經久不散。當唐心訣感知觸碰，一部分零碎的記憶開始回籠——這些記憶，均是她的精神力在無數個夢境中逃亡戰鬥的景象細節。

原來從一開始，透過這些「噩夢」，無處不在的黑暗已經侵蝕而入。

所以她可以感應到鬼怪氣息，可以使用鬼怪物品，可以抵抗精神汙染……從某種程度來說，她的存在本身就在向遊戲的另一方靠近，無怪乎會遇到這麼多「特殊待遇」。

「綜上所述，很抱歉連累了大家。」唐心訣攤手，「這些扎根在我大腦裡的東西，雖然沒表現出攻擊和危險，但已經成了氣候。我目前沒辦法把它祛除，只能暫時共存。」

【輔導員的鼓勵】效果有限，統稱治標不治本。

她也是第一次直面這情況，並不清楚未來會不會發生什麼變故。

「或許，有沒有可能，」郭果還在咬牙假設：「什麼黑暗氣息侵蝕並不嚴重，輔導員只是在恐嚇妳罷了？妳看，我和晚晴、張遊天天和妳待在一起，都沒感受出來……」

說到一半，郭果自己都編不下去了。

連唐心訣都確認的事情，十有八九已經蓋棺定論。

寢室沉默半晌，一半是在消化這件事，一半是在為唐心訣捏一把汗。

「怪不得那個李小雨，一見到妳就說妳適合當什麼同類。」鄭晚晴後知後覺反應過來，她曾經離劇透那麼近，「它是不是也看出來了？」

「這就涉及到另一個問題了。」

唐心訣抽出另一張字跡繁密的紙，把這張紙貼到之前的筆記上。

另一個問題，就是鬼怪的等級分化。

以遊戲到現在出現過的所有學生鬼怪為例，唐心訣簡潔講了下她對鬼怪等級的推測：應該是透過三所大學來區分。

最常見的三本大學鬼怪，例如小紅、小綠、無頭鬼電影裡的隔壁金雯四人，人類新生借助道具異能可以嘗試對抗，危險性不高。

最危險的則是一本大學鬼怪，如能闖入她們考試的伍時、在副本手中扣下她們獎勵的李小雨，都有僭越規則的能力——甚至像黑霧一樣，在唐心訣識海裡留下標記。

室友三人看向紙上四塊奇形怪狀的圖案。

張遊眉頭擰成一股：「可算上伍時和李小雨，只有兩個一本鬼怪，妳有整整四個標記……」

鬼畫符是看不懂的，她們欲言又止地望向唐心訣，唐心訣卻滿意點頭：「我的畫技大有長進，這四樣東西一目了然，我不說妳們應該也能看出來。」

眾人：？

在強烈要求下，本想趕時間跳過的唐心訣不得不摸著鼻子悻悻講解：「第一個標記是玻璃瓶，是電影副本中李小雨座位上的線索，裡面還放著一模一樣的紅色沙子……」

玻璃瓶、銀色戒指、黃色眼珠、白色膠帶。

各具特色的標記物，唐心訣只能分辨出三個歸屬。

玻璃瓶和戒指大概分別屬於李小雨和伍時，黃色眼珠更像是遊戲降臨當晚，出現在宿舍窗外的巨大黃眼球分裂版。至於白膠帶，唐心訣沒找到對應的人選，只能暫時擱置。

經過一夜嘗試，她發現僅靠自己想要回到沉浸意識山洞的狀態，一天內最多無法超過五分鐘，因此能得到的資訊十分有限，只能抓緊時間記載下來。

然後，看著桌上足足十五頁筆記紙，眾人陷入沉默。

唐心訣狂熱之色終於消退一點，冷靜道：「危險與機遇相伴，我既然已經被標記，那麼不論是福是禍，都該做好應對的準備，才算是對大家負責。」

……不知道為什麼，每每情況危險時，唐心訣往往沉穩如鐘，此刻她這麼興奮，眾人莫名感覺有點危險。

下一分鐘，她們就知道這股不妙預感從何而來了。

唐心訣把筆記分成三份，輕描淡寫：「距離今天考試開始還有一個小時，大家拿四十分鐘出來，把這十五張紙上的黑暗生物分類詳情背下來吧。等今天考試結束，我再搞完剩下的細節。」

三人：「……」

郭果咽了咽口水：「那個，訣神，其實妳不用太有壓力，不知道這件事時我們也是一樣正常考試嘛。要不然我們先慢慢來……」

「背下來。」

「好的。」

沒怎麼睡覺的三人開始瘋狂閱讀並背誦筆記內容，然而越往下看就越心驚肉跳。

會模仿聲音的低級魘鬼、模仿形貌的貪食鬼、吸取靈魂的透明遊魂、吞食人頭的長舌鬼、穿越空間的幻魔……除了已經遇到的怪物類型，還有一些她們尚未遇到的，例如無皮怪、影怪、千足怪、空氣怪……

「等下，什麼叫空氣怪？」郭果睜大眼睛。

唐心訣：「顧名思義，我沒見到這種怪物的形貌，也無法殺死它們。它們借助空氣生存移動，攻擊方式是對妳吸氣。」

「對我吸氣？」

「對，然後妳就會發現自己方圓幾十公尺內的空氣都沒了。」

唐心訣示意，筆記上果然有相關記載：附近如果只有幾隻空氣怪，憋氣逃出該範圍即可存活，如果有幾十上百隻，等死吧。

「……」

八點一晃即到，三人只來得及把筆記內容看了一遍，只能匆匆塞進儲物尾戒裡，等進入考試後再看。

『叮咚咚、咚咚叮——』

『快樂星期五，上課時間到，考卷已分發，大家準備好——』

考試欄位隨之更新：

『A卷：《投資與理財》（B級）。』

『B卷：《衛生突擊檢查》（C級）。』

『C卷：《病毒與寄生技術研究》（C級）。』

原本的選項畫面，因為增加了【輔導員的鼓勵】Buff，難度等級也浮現出來。

「B級難度肯定要第一個排除，至於B卷和C卷……」郭果直撓頭。

張遊：「C卷是專業科目，對於醫學生比較有利。B卷看起來沒什麼針對性，但這種考試可能更難。」

經驗告訴她們，考試題目門檻越低，考試內容有可能更加變態。

唐心訣卻不這麼認為：「未必，打掃衛生也是需要門檻的。僅僅是把衛生打掃的完美無缺，對於很多人來說都是一項難以企及的技術性工程。」

說到這裡，三雙視線齊齊落在張遊身上。

更何況，她們還有一個後勤的神。

被寄予厚望的張遊：「……那就選B卷吧，有什麼需要去商城臨時買的嗎？」

唐心訣用成就兌換的最後一點積分，兌換了幾瓶掃除用的清潔用品，又升級了鑑定技能，點點頭：「走吧。」

「對了，」意識進入黑暗前她忽然想起來：「上次欠妳們的麻辣雞爪拌優酪乳……下次一定！」

眾人：倒也不必。

「嘭嘭嘭！」

「快點起床嘞！一群懶蟲！馬上要檢查衛生嘞！不合格的全都記大過，退學！」

重重敲門聲在耳畔驚響，唐心訣猛地睜眼，發現自己正躺在一張硬且硌人的床板上。

環顧四周，這裡並不是她熟悉的床鋪，而是一個大了不知多少倍的屋子。

沒過幾秒，此起彼伏的抽氣、低語、掀被子聲在屋子裡迅速蔓延。

唐心訣無聲起身，借著二層床鋪的高度，將一張張或驚訝恐慌、或嚴肅凝重的年輕女生面孔收入視野。

這個灰撲撲的房間，是一間足足有十六人的寢室！

『《衛生突擊檢查》：良好的校風校紀，從宿舍的整潔開始。為了培養學生的清潔習慣和集體榮譽感，教務處老師接受一所不知名學校的邀請，將多名新生送去體驗生活……』

『注：本卷為大學城聯合教務處開設的《校園衛生規範》實習課考核，考核成績將計入綜測評獎評優活動，一切解釋權歸教務處所有。』

考試介紹在手機螢幕上飛速淡去，唐心訣抓住時機，扔了一個【鑑定】到上面。

根據商城提示，鑑定技能升級後，可以脫離敷衍的字面意思，進階為智慧鑑定，甚至可以揭露出某些不為人知的資訊。

半秒後，鑑定生效：『一個短小的考試介紹，字裡行間充斥著不可靠的氣息。什麼，教務處出品啊？那沒事了。』

唐心訣：「……」

從這陰陽怪氣的語氣來看，她相信的確是智慧鑑定了，只是發展方向有點觸類旁通，隱隱有從介紹向吐槽發展的趨勢。

不過拋開語氣，鑑定結果似乎意有所指——透過「大學城聯合教務處」的名頭可知，三座大學只有一個教務處，按照正常邏輯，職權應該很高。但在［鑑定］的吐槽中，教務處似乎並不可靠？

將這資訊記下，唐心訣收起手機。她所在的位置是距離門口最近的上鋪，床邊貼著序號：一號床。

從她的角度可將屋內一覽無遺：此刻屋內的學生已經陸陸續續醒了，卻沒人敢貿然下床，全都坐在床鋪上打量著這間超大型寢室。

這個寢室的基本布局是上床下鋪，分為兩排，每排上下八張床鋪，序號分別從一到十六。床頭左右有極窄的單開矮櫃，狹小的收納空間由上下床兩人均分。

整間寢室只有一張長木桌，擺在兩排床鋪的走道中間。唐心訣掃了一眼，目測最多只能容納八個人同時坐下。衣服、化妝品、日用品、零食袋、吃剩的泡麵碗……雜物在桌上桌下、走道和床鋪間堆積如山，宛如一個小型垃圾場。

借助位置優勢，唐心訣很快在同排的四號、八號和正對面九號床位置找到了三張熟悉面孔——分別是鄭晚晴、張遊和郭果。

由於視線被擋，位於下鋪的鄭晚晴和張遊誰也看不見，還在焦急探頭望。只有處於正對面的第二排，且同在上鋪的郭果第一時間發現了唐心訣，神情一喜。

「訣神！」

郭果差點直接喊出來，又謹慎咽下到嘴邊的話，只做了個無聲口型。

從她的視野看去，唐心訣微微點了下頭，轉瞬卻閉上雙眼，彷彿在思考什麼。

郭果一愣，下一秒腦海裡忽然多出一道訊息：『我在一號床。』

這訊息沒有聲音和文字，憑空出現在腦海裡，卻能讓人理解其中的含義。

郭果嚇得一激靈，冷靜後下意識望向一號床上的唐心訣，郭果想起了對方新升級的精神系技能。

心靈連接！

『心靈連接（初級）：使用此技能，你可以與三到五人進行某種程度的「心靈相通」。』

只有唐心訣自己能看到的個人狀態列中，一個藍色加粗的精神技能正在閃爍，並緩慢與原本的【精神控制】融合在一起。

澈底融合後，眼前的寢室立刻以一種截然不同的模樣呈現在腦海中——一切人、聲音和場景都消失了，只有十幾簇正在燃燒的火團飄在空中，均勻分布在灰濛濛空間內。

火團大多都是淡黃色，也有少數是其他顏色。例如唐心訣自己，就是一團暗紅偏黑色的火，明顯比其他火團大上許多，在空間裡十分違和。

「視野」中，一縷縷氣息彷彿火焰的觸角，從各個團子裡謹慎地冒出來，最多只飄到一公尺多的位置就消失不見。唐心訣試著控制自己的氣息向外延伸，一不小心就延伸了大半個空間，視野也隨著觸角瞬移到數公尺外，在屋內毫無滯澀地移動。

她立刻明悟：這裡的所有火團，都是精神力的具象化。

每靠近一個火團，一股情緒就傳遞過來，基本都是茫然、緊張和憂慮。而當她想觸碰，這些火團表面立即產生排斥力，將她隔絕在外。

『是否與之建立心靈連接？對方的排斥意願越強，連接失敗率越高。』技能發出提示，同時警告她：一旦連接失敗，自己的精神力也會受損。

唐心訣很快做了決定，一圈下來，能明顯感受到三個格外親切的火團，輕鬆就能分辨出是誰。

『選擇成功，正在連接……』

火團消失，寢室恢復原本模樣。

同時，腦海中多出了三道不同的意識。

當唐心訣再睜開眼，時間才過去不到半秒。她向剛剛建立連接的三個意識同時傳遞了一句話，果然立刻收到三道回饋。

張遊：『心訣？是妳嗎？』

鄭晚晴：『我靠！我精神分裂了？』

郭果：『啊啊啊嚇死我了——訣、訣神？』

唐心訣：『這是我的技能，能把我們三人的意識連接到同一頻道上，我剛剛把它升級了一下，現在可以用來簡單交流。』

三人：『……』

剛買這個技能時她們比唐心訣還興奮，只可惜一直處於安裝狀態沒能試用，沒想到剛安裝好就來了個大的。

郭果興奮不已：『這是……我們專屬的大腦聊天群組？』

比群組更方便，甚至連打字都不用，只要一個念頭就能彼此交流！

有了這個技能，幾人頓時安心不少，開始集中注意力觀察環境。

就在這不到半分鐘的功夫，已經有女生下了床，只不過是尖叫著滾下去的。

眾目睽睽下，位於十六號床的一名丸子頭綠襯衫女生驚恐地摔在地上，連吃痛都顧不上就想拉附近的女生：「救命啊，我床上有鬼！」

她上鋪的女生迅速縮回去，斜對面的六號床也反應也很快，瞬間抄起床頭檯燈，一副再靠近就攻擊的姿勢：「別過來！」

丸子頭女生連忙後退：「我說的是、是真的，不信妳們過來看，枕頭上有好多血！」

不知從哪裡冷冷飄出一個聲音：「妳往別人床上撲，可我們怎麼知道妳是不是人呢？」

經歷過考試的都知道，床鋪是一層保護結界，誰也不敢輕易出去或讓別人進來。

被質疑身分，丸子頭女生急得眼淚狂飆卻解釋不出來，就在這時，位於唐心訣下鋪的二號床響起聲音：「阿念，過來。」

丸子頭猛地轉頭，大喜過望：「蔣嵐！原來妳在這裡嗚嗚嗚！」

她當即就要跑過去，然而才跑到一半，就被走道上歪斜散落的護膚品一腳絆倒，整個人重重摔下去，實打實的砸地聲響徹寢室。

「現在妳們可以相信她不是鬼了。」

二號床的蔣嵐翻身下床扶起她，聲音淡淡：「這是我室友，沒有鬼怪會這麼笨，只有人能達到。」

埋在蔣嵐懷裡哇哇大哭的丸子頭女生：「……」

就在這時，猛烈敲門聲再次響起！

門外是凶狠的男聲：「起床了嗎？我們來檢查衛生了！快開門！」

第九章　大型聯合副本

「嘭嘭嘭！」

敲門，或者說更像是砸門聲來得猝不及防，寢室內女生們突然受驚，有不少人反射性祭出道具，屋內頓時一片混亂。

「等等外面是誰，他們為什麼要進來？」

「妳沒聽到嗎，檢查衛生啊！」

眾人想起來，她們剛醒時，的確聽到有人在粗魯訓斥她們趕快清理寢室，準備迎接檢查……可誰也沒想到，檢查竟然來得這麼快。

兩分鐘都不到，根本沒給她們留任何準備時間！

緊張氣氛中，連名叫阿念的丸子頭女生都把眼淚憋了回去，哆哆嗦嗦跟著蔣嵐回到二號床。

「裡面裝死呢？快開門！要不然等等妳們沒好果子吃！」

門劇烈晃了兩下，彷彿下一秒就要被破門而入。這一點，距離門口越近的人看得越直觀清晰，被聲音震得耳朵嗡嗡作響。

很不巧，二號鋪剛好位於寢室門旁邊。

剛剛坐下的丸子頭：「……」嗚嗚嗚她想回去了！

約十秒後，敲門聲停了，外面男聲留下惡狠狠的威脅：「行，算妳們膽子大，給我等著！」

見門外之人似乎走了，有人終於憋不住，心慌意亂道：「我們是不是，應該開門啊？」

說話的是十二號床的女生，話音未落，她上鋪的十一號床就瘋狂搖頭：「妳傻啊，外面要是鬼，放進來我們全死了！別忘了寢室門是用來幹嘛的！」

或許礙於這裡人太多，她說話點到為止，便警惕的不再開口。

「可是，誰又能確定開門就會死？萬一不開門才是死亡條件呢？」十一號床對面，三號床的位置傳出一聲冷笑，「當然，我沒有故意反駁妳的意思，合理提出質疑罷了。」

「……我聽不懂妳們在說什麼，」混亂喧囂中，十四號床的女生忽然激動地站了起來：「妳們應該都是學生吧？是不是也被拉進了一個叫【宿舍生存遊戲】的地方？」

屋內陡然寂靜下來。

這是每個人心頭最大的問題，只是謹慎起見，沒人率先說出來。

現在，這個話題被十四號挑明瞭。

腦海四人聊天群組裡，鄭晚晴哎呀一聲：『就應該這樣嘛！』

其實她剛剛好幾次都想吼出來，但被其他三人制止了。

郭果完全不贊同：『大小姐妳冷靜一點，妳看看現在房間裡，所有人都在看誰？』

鄭晚晴不明所以：『怎麼了，誰說話看誰不正常嗎？』

郭果恨鐵不成鋼：『現在是特殊情況啊！我問妳，妳知道戰場上想勝利存活，最重要的第一步是什麼嗎？』

鄭晚晴還沒想出答案，唐心訣的聲音就驀然出現，替她回答了郭果的題目：『分清敵我。』

寢室偏後方，十四號獨自站在床外，她發現整間寢室的目光都落在自己身上，連忙繼續陳述：「我是青河財經大學的學生，我叫歐若菲。說實話，自從進遊戲到現在，我已經不知道多少天沒見過除了自己之外的人了，妳們不知道剛剛醒來的時候我都要樂瘋了！」

她說著說著，忍不住抹眼淚：「我們雖然不認識彼此，但既然一起進考試，就是隊友了，不是應該互相幫助一起活下去嗎？畢竟，畢竟我們都是人類啊。如果我們自己都不團結，還有誰能來幫我們呢？」

哽咽說完，歐若菲充滿期待抬起頭，卻沒等到一句贊同的回答。

所有人沉默地投來目光，離她最近幾張床鋪上的女生更是紛紛後退，表情從警惕演變成狐疑。

歐若菲呆滯地張了張嘴，不知道自己做錯了什麼，

就在她手足無措之際，剛剛嗆了十一號的三號床又一次涼涼開口：「人類的確應該互

相幫助，只不過妳就這麼有信心，這間屋子裡全都是人類？」

歐若菲：「……」

她後知後覺睜大眼，的確沒想到這一層。

「最起碼的，妳怎麼證明自己是人，而不是鬼怪假冒的身分呢？」

歐若菲連忙解釋：「我可以把手機給妳們看！APP上的資訊總不能作假吧？」

三號幽幽接話：「APP能不能偽造我不知道，但是妳想要既不靠近別人，又要自證清白，只能把手機扔給別人看。但妳又能確定，妳交手機的那個人，就是真的人嗎？」

「……」

歐若菲澈底傻了。她以為是組隊，結果在別人眼中竟是狼人殺？

冷汗從她額頭上冒出，「我，我不知道……」

「行了珂珂，妳少說兩句。」蔣嵐打斷她們的話，「是人是鬼暫且不論，我們要先把眼下的事情解決，門外的人很快就會再回來，這次我們開不開門？」

眾人這才注意到，蔣嵐壓低聲音說話還好，一旦正常開口，明顯比正常女生沙啞很多……彷彿嗓子受了傷一般。

不少視線在空中穿梭，確認彼此眼神。

現在能看出來的，二號床沙嗓蔣嵐、三號床毒舌珂珂，以及十六號床的丸子頭阿念，這三人彼此熟識。

如果她們都是正常人類學生，那麼應該是同寢室的室友。

郭果小聲在腦海裡說：『我用陰陽眼和吊墜雙重確認過了，她們三個應該都不是鬼怪。』

至於其他人，也只是看起來沒有太大異常，暫時還無法完全確認。

既然蔣嵐一行已經率先下床，其他人也三三兩兩離開自己床鋪，很快分為六個涇渭分明的小圈。

正在努力記人的鄭晚晴頓時傻眼：『完了，她們都離開自己位置，我分不清幾號是幾號了！』

郭果：『妳別記了，心訣肯定記得一清二楚，快點過來！』

三人不約而同迅速下床來找唐心訣，然而趕到床邊才意識到：唐心訣所在的一號床是上鋪。

她們三個人無法爬到上鋪，只能站在下鋪旁邊，看起來就像虎視眈眈把二號床圍住了一樣。

正好被圍在中間，感覺危機四伏的丸子頭：「……」

唐心訣打破了尷尬氣氛，她手一撐直接躍下床，悠悠走到門前，白皙手指搭上斑駁老舊的木門。

寢室內氣氛一窒，不少人以為她要開門，嚇得站起來就要喊。

下一瞬唐心訣卻收手後退，碾了碾手上的灰，「門看起來破舊，但實則堅固嚴實，沒有損壞痕跡，暫時不用擔心被破門而入。」

「為什麼不用擔心？」有人脫口而出。

蔣嵐贊同：「剛剛那麼大的動靜，門都被砸得向內凹，還能馬上恢復原狀。說明它的確是一層保護罩。只要我們不主動開門，暫時就沒有危險。」

有道理。眾人鬆一口氣，只要沒有開局殺就行。

毒舌三號床卻出聲質疑：「上一次外面沒推開門，不代表下一次推不開。按照怪物推塔的特點，攻擊應該是一次比一次……」

話音未落，門突然劇烈顫抖兩下，咣咣錘砸聲在門板上炸響！

「……猛烈。」三號床聳肩。

眾人：「……」妳這時候跳什麼預言家！

「開門！開門！」

門外叫嚷聲十分高亢，似乎很多人同時喊，夾雜著含糊不清的威脅。

唐心訣凝神聽了半晌，沒管被砸得搖搖欲墜的木門，反而向門口走去。

眾人倒吸一口冷氣。

從身體大小來看，她們毫不懷疑，門只要稍微被砸開，這個薄的像張紙片一樣的蒼白少女會被直接彈飛。

在這種危險情況下，看起來像是少女室友的三個人竟然還一動不動站在旁邊，絲毫沒有上前阻止的意思！

——要麼是鬼怪偽裝，要麼是感情淡漠嚴重不合的塑膠寢室。

其他人迅速推斷。

少女顯然對危險毫無所覺，甚至在走到門邊後，一手按住晃動的門，開口問門外：「你們是誰？」

門外霎時更加興奮：「原來還活著……快開門，我們是來檢查衛生的！」

唐心訣無動於衷：「檢查衛生也要師出有名。你們是學生會、舍監、學校教務處還是其他職務的工作人員？」

門外沒想到會被這麼問，窸窸窣窣兩秒後回答：「我們是舍監。早就通知妳們今天檢查衛生了，再不開門就扣分了啊。」

「對，把妳們寢室的分扣光，看妳們到時候怎麼哭，嘿嘿……」

門外響起一陣猥瑣的笑。

唐心訣垂眸勾起一絲冷笑，轉身看向寢室內部。

十五個女生全都盯著門口，大多緊張茫然，也有少數若有所思，蔣嵐就是其中一個。

與唐心訣目光撞上，蔣嵐微微一怔，而後點了點頭，沙啞的聲音篤定道：「門外這些人，不是真的來檢查衛生的。」

蔣嵐聲音不輕，寢室內聽得一清二楚，門外也不例外。

砸門者頓時大怒，斥罵聲猛地拔高，汙言穢語不絕於耳。

空氣越發緊繃時，三號床卻呵呵笑出聲：「這麼生氣，肯定是心虛。」

外面受到刺激，門被砸得更重，牆壁灰燼簌簌掉落，甚至隱隱出現一絲裂痕。

三號床：「看到了吧，這就是惱羞成怒。」

眾人：「……」

忍住撲上去堵她嘴的衝動，有人抓住重點催問：「妳們兩撥人說外面不是檢查衛生的，有什麼根據嗎？」

現在寢室裡只有兩人敢下定論，如果她們說的是真的，那就算門被砸碎，眾人也絕對不能主動去開。

鬼怪闖進來尚可一搏，誰開門觸發了死亡條件，就純粹是送人頭的倒楣蛋了。

蔣嵐點點頭解釋：「考試背景和定位，與現狀產生矛盾……必然有一方為假。這就是我的依據。」

眾人：「……」沒聽懂。

蔣嵐也意識到自己說的有點晦澀，剛要補充，忽然捂住嘴咳嗽起來。

她嗓音本來就嘶啞粗糲，咳嗽時彷彿有沙石堵在嗓子裡，聽得人十分難受。

「阿嵐！」丸子頭女生蹬蹬蹬跑下去把她拽回床上，帶著哭腔：「妳嗓子不好本來不應該說話的，珂珂妳也不攔著！」

三號床女生涼涼道：「要我說，我們寢室有一算一個都應該緘口不言。為何要解釋……當然，沒有針對別人分析能力的意思，只是單純感慨而已。」

追問依據的幾人：「……」

正在緊張關頭還被開嘲諷，屋內氣壓頓時更低。這時，一道溫和聲音打斷僵硬氣氛，眾人才發現唐心訣不知何時竟站到了門縫處，絲毫不受門板晃動影響，透過縫隙幽幽看向外面。

「蔣嵐同學的意思應該是，這既然是一場衛生檢查，那麼檢查者無論是學生會、舍監還是其他教職員，都屬於規則中的審判者地位。」

一邊扒著門縫，唐心訣一邊清聲開口。

張遊反應過來：「如果是這樣，那寢室門就沒有理由會攔住他們——我們以前經歷的宿舍衛生檢查，可不存在因為沒人開門而無法檢查的情況。」

郭果恍然大悟，立刻補充：「再說，既然外面說自己是舍監，舍監手裡難道沒有備用鑰匙？」

十有八九，外面的人在撒謊，他們根本不是舍監！

「呵呵呵，我們是不是舍監，妳們開門看看不就知道了……」

外面仍舊瘋狂捶門，忽然喊聲一頓：「……我靠什麼東西？」

「怎麼，門開了嗎？」捶門者後方立刻傳來期待詢問。

唐心訣輕輕道：「門沒開，你們看見的是我的瞳孔。」

門外：「……」

屋內：「……」

媽的，到底誰比較像鬼？

『心訣妳看到了什麼？』室友迫不及待透過心靈連接問。

唐心訣：『一片漆黑。』

門都快被砸裂了，門縫外面卻什麼都沒有。要麼是一切只是幻覺，要麼是……對方不敢讓人看到。

唐心訣勾起唇角：無論哪種可能性，都傳遞著某個資訊。

在考試中，最重要的也是資訊。

經過分析之後，寢室內沒人再提起要開門的話題。而無論外面怎麼無能狂怒，果然沒法真正把門砸開。

持續四五分鐘過後，敲門和叫嚷終於收手停歇，外面冷笑道：「不開門是吧，行，妳們會後悔的。」

緊接著，一股難以形容的簌簌聲從門縫向內蔓延，就像……有無數隻蟲子正在往裡面爬一樣！

六〇六三人悚然一驚：「心訣小心！！」

唐心訣沒退避，反而手腕一轉，雙手中間忽然多出一支藍色長筒噴霧，對著門縫連噴好幾下。

「我X，妳幹了什麼！」門外猝不及防一陣驚呼，爆出髒話。

唐心訣面無表情，聲音輕細：「按照衛生檢查要求，清潔室內衛生。」

她翻過手，只見噴霧上赫然一排字：『空氣清新兼殺蟲，還給宿舍好儀容。』

隨著噴霧落在門縫上，一滴滴黑色液體垂落在地，很快匯聚成死氣沉沉一小灘。仔細看去會發現，是無數隻被打濕融化的黑色蟲子！

阿念尖叫：「蟲子！救命！」

她跳下二號床就要往寢室內側跑，三號立即下去追她，頓時帶起一陣騷動。不少人向後躲，也有人反而精神一凜抄起了武器。

「讓開我們來！」

五號、六號床的女生同時躍下，兩步跑到門前，將「身體單薄」的唐心訣拉到身後保護。

「假冒偽劣的渣渣，既然你們不是舍監，那一切就好說了。」

說罷，兩個女生同時從口袋裡抽出一支紅色「玩具槍」，按下扳機，通紅的火焰噴薄而出！

火焰沒烤到門板上，只在門縫邊緣燎了一圈，不停鑽入的黑色液體就如遇剋星般失去了活力，撲簌撲簌掉到地面，成為燒焦蟲屍。

門外男聲聽起來氣急敗壞，卻又無可奈何。

聽著外面跳腳，鄭晚晴忍不住笑出了聲。可惜她的技能是拳頭，在這種關頭派不上用場。

「呸！讓妳們暫時得意一下，等到中午十一點，真正的檢查開始，看妳們怎麼死！」

外面終於放棄，用力踹了兩下門後咒罵著離開。

蟲子不再進來，寢室恢復安靜。剩下的人則面面相覷。

中午十一點，真正的檢查？

就在這時，所有人手機「叮咚」一聲，彈出進考場以來的第一個提示。

『七點整，寢室門將被允許打開，同學可以自由出入。屆時請與九一七寢室的同學們互相配合，儘快完成大掃除！』

「現在是副本時間六點五十五。」

有人連忙查看時間，一眼看去不由頭皮發麻。

提示一開始根本沒出現，她們也不知道宿舍有門禁。要是剛剛一不小心打開了門，就算外面的鬼怪沒有攻擊，她們也會被判為違規，不知會面臨什麼懲罰。

「還好有妳們幫忙！」

歐若菲從當機狀態緩一口氣，淚眼汪汪跑到前面來道謝。

「妳這麼單薄，還第一個站到門前為我們擋住，實在是太有勇氣了。我真不知道該說什麼好……」

三號把丸子頭女生拎領子薅回來，看見這幕下意識開嘲諷：「想抱大腿就直說，拐彎抹角真無趣。」

歐若菲感謝的話憋在嘴裡，臉都憋紅了。她只有一個人，其他人卻都是三兩成群……女生不敢頂嘴，只能抹了抹紅彤彤眼角，囁喏道：「現在考試規則已經說了，大家都是同學。我、我的身分是不是可以證實了？」

然而讓她失望的是，依舊沒有贊同的回答。只有五號、六號有點看不過去，安慰她：

「現在考試才剛開始，妳別著急啊。考試裡處處是陷阱，萬一妳到時被騙了，哭都沒地方哭。」

「七點到了。」唐心訣忽然開口。

下一瞬，她直接拉開門。

「啊！」臨近門口的好幾人失聲尖叫。

熏天的臭味撲面而來，但比臭味更加令人醒神的，是一具直挺挺站在門口，正盯著她們的……骷髏？

第十章 宿舍廁所

正對著眾人，「骷髏」露出詭異的笑，腐爛青黑的臉瞬間融化，直挺挺向屋內倒下——

蔣嵐一激靈：「別讓它倒在寢室裡！」

驚呼聲中，唐心訣迎面飛起一腳，伴隨著骨頭碎裂聲，骷髏劃出一道弧線飛了出去，墜落五公尺外。

六〇六三人飛奔過去：「心訣妳沒事吧！」

「沒事。」唐心訣示意她們先別靠近自己，脫掉身上已經沾了黑色液體的外套，然後率先邁出了門。

一踏出門框，腐臭氣味彷彿開了超級加倍，又像是一卡車臭雞蛋、醃鯡魚罐頭被砌在了走廊牆磚裡，衝擊人的神智。

張遊三人默默收回了想要邁出的腿。

她們一撤，其他女生趕到門口，然後……紛紛後退。

蔣嵐一邊咳嗽一邊說：「我嗓子有傷，不能呼吸這麼臭的空氣，珂珂妳出去。」

毒舌三號也嫌棄地捂住鼻子。當她站在人群中，眾人才發現，女生露在外面的皮膚都纏著一層紗布，像個行走的木乃伊。

三號臉上還掛著個黑墨鏡，根本看不清長相，只有尖細銳利的聲音飄出來：「我可不出去，我還要照顧弱智兒童呢，要不然她把自己嚇死了怎麼辦？」

弱智兒童阿念：「……」

於是幾秒之後，走廊依舊只有唐心訣一人。

她邊走邊打量四周場景，可能是因為宿舍太大，走廊還算寬闊，只是看起來十分破舊。水管和電線裸露在斑駁牆壁外，地面兩側堆積著垃圾和黑色汙水，一直綿延到盡頭。

怎麼看，這都不像是人能住的地方。

「骷髏」所砸之處，旁邊就是另一扇寢室門，但是門上掛著封條和鐵鎖。漆紅色門板頂端是一塊落灰的門牌：九一九。

再往前，同樣是落鎖的寢室門，門牌是九二一。

而她們所在的寢室，正是考試規則中所說的九一七。

目之所及，長約十多公尺的走廊裡只有三個寢室門，盡頭則是一個公共廁所，沒有看到任何通向其他層的樓梯。

不合邏輯的封閉構造，明明還算寬闊，卻給人一種極壓抑的感受。

唐心訣收回目光，看向地上的「骷髏」。

此刻，它的臉皮已經掉了下來，只剩下光禿禿的骨架。而仔細看向掉下來的「皮」，分明是塊塗著顏料的模擬毛氈。

與其說是骷髏，眼前的東西更像是一個被披了衣服的人體骨架，劣質鬼屋裡經常用的那種。

唐心訣伸出手把骷髏的衣服扯開，一團團塑膠袋、食品垃圾、皮革膠體爭先恐後彈出來，而填充物下的骷髏架子已經碎裂，正是剛剛被她踹到的地方。

她剛撈起一塊肋骨，身後就響起驚叫：「心訣妳在幹嘛？」

用衛生紙堵住鼻子的室友先後衝過來，郭果一臉驚恐看著她手裡的肋骨，又看了看一動不動的骷髏，才鬆一口氣：「嚇死我了，我們剛剛還以為妳要生吃骷髏怪。」

唐心訣：「……」我在妳們心中是這種形象？

張遊在腦海嚴肅更正：『郭果別亂說，我不覺得心訣會吃骷髏，只是覺得有可能要當場餵馬桶吸盤。』

郭果：『確實！不知道大家衝過來，是看到訣神生吃骷髏更嚇人，還是看到一支馬桶吸盤在生吃骷髏更嚇人。』

唐心訣：「……行了，別說了，妳們來看看這具骷髏，有沒有什麼不一樣的地方？」

三人立即小心翼翼開始觀察，數秒之後表情越來越奇怪。鄭晚晴撓撓頭，心直口快道：「我怎麼覺得，它像是個塑膠道具？」

不僅是她，其餘從寢室裡出來的女生也是同樣想法。

五號床和六號床的女生面面相覷，一臉懷疑人生：「可如果我沒記憶失常，它剛剛在門口的時候，是不是還對我們笑了一下？」

明明半分鐘前還是一個噁心恐怖的骷髏，現在怎麼忽然變成了整人道具？

「有沒有可能剛剛是妳們在緊張情況下看錯了，其實本來就是之前假裝舍監騙我們開門的人想報復，弄了一個假骷髏來嚇唬我們？」有人提出猜測。

「無論剛才怎麼回事，現在它的確是塑膠。」

唐心訣確認後將肋骨放回去，把骷髏移到一邊不妨礙眾人通行。

就在她繼續向公廁方向走時，歐若菲從九一七寢室裡怯怯地露出腦袋，「那個，我想問一下，妳們怎麼出去了？我們現在不是需要打掃衛生嗎？」

她連怎麼收拾自己床鋪都規劃好了，結果抬頭一看，寢室的人員竟然沒了一大半！

三號靠著門框，開口就是諷刺：「妳打算現在收拾衛生？怎麼收拾，收拾到什麼程度，會不會觸發死亡條件，妳都知道嗎？」

「反正我是不敢動，這裡一件東西都不是我的，誰知道哪個垃圾不能碰。妳看起來倒是一點都不害怕，難道妳對這裡很熟？」

歐若菲：「我、我……」

她不知道該怎麼反駁，又害怕再被嗆，只能嘴巴一癟回到寢室裡面，坐在自己床鋪上抹眼淚。

就在女生獨自抹淚時，一個比她還細弱的聲音輕飄飄從背後傳來：「同學……」

「啊！」

「啊！」

歐若菲嚇得尖叫起來，又把試圖和她說話的人也嚇了一跳，兩人互相對著尖叫好幾秒，才慢慢冷靜下來。

名叫阿念的丸子頭女生緊張捏著衣角：「對不起，我不是故意嚇妳，我就是想替珂珂和妳道個歉。她不是特地要凶妳，她對誰都是這樣。而且珂珂也不是故意的，她其實是個很好的人。」

「我是東南工業的大二生，妳可以叫我阿念。」

面對主動示好，歐若菲受寵若驚地連連點頭：「我叫歐若菲，妳願意相信我真是太好了，我還以為沒人會理我呢。」

「我，我感覺妳是好人。」阿念嘴不太靈光，一邊表述一邊用手比劃：「我直覺很準的。但是珂珂說我做事情太晦氣，所以別人都不怎麼願意理我。」

從某種程度上，兩人同病相憐，所以她才主動來找歐若菲說話。

歐若菲連忙搖頭：「不不不，妳很好呀，一點都不晦氣。」

「真的嗎。」阿念高興起來，「那妳跟我來吧，正好我們是鄰床，我帶妳看看我的發現！」

歐若菲想也不想就點頭，順嘴問道：「什麼發現？」

阿念：「我床頭的血呀，可嚇人了，別人都不願意看。快跟我過來，讓我找找它在哪裡……」

歐若菲：「……」

下一刻，只見阿念忽然驚訝出聲：「咦，這血也到妳床上了欸！」

「歐同學、歐同學？」

再次聽到阿念的呼喚，歐若菲下意識一抖，一抬頭對上了女生小小的瓜子臉和黑黢黢的眼睛。

這一瞬間，她想起了三號床珂珂的話。

——妳就這麼有信心，這間屋子裡全都是人類？

阿念嘴唇輕輕開合，聲音綿軟，卻又因為激動而有些過於尖細：「我沒騙妳哦，妳的床上真的有血，不信妳看。」

歐若菲下意識抬眼望去，果然在自己床頭牆壁上，看到一灘鮮紅濃稠，正在緩緩向下流動的液體。

一滴、兩滴，白色床單開出一朵不斷擴散的血花。

聽到九一七傳出的淒厲尖叫聲，唐心訣步伐一頓。看向身旁有些猶豫的室友：「我和張遊去洗手間，妳們回寢室看看情況。」

「啊——」

反正有心靈連接在，有事直接腦聊，分散的危險大大降低。

走廊的人轉瞬少了一半。因為聽到的尖叫聲摻雜阿念的聲音，蔣嵐立刻趕了回去。原本十一、十二號床的女生也有隊友落在屋內，等她們撤退後，走廊裡只剩下六人。

唐心訣沒有回頭，心靈連接升級後，她的感知力越來越強，已經不僅限於鬼怪。

哪怕不用眼睛去「看」，她也能知道身後有幾個人，又分別是誰。

除了張遊，五號與六號也跟在後面，她們手裡還拿著能噴火的玩具槍，看起來並沒有藏拙的意思。

只不過現在她們身旁又多了一個女生，唐心訣認出這是郭果的下鋪，十號。三人看起來關係密切，應該也是同一個寢室。

在三人後方，走在隊伍最後面的，則是一名形單影隻，神情冷肅的少女，是張遊的上鋪七號。

趁著這幾步路，張遊在腦海中講述她觀察到的情況：『七號應該沒有室友，和歐若菲一樣獨自一人。』

『十一、十二、十三、十五是同一個寢室的，也是這裡面除了我們之外，唯一一個滿四人的寢室。從說話口音來看，她們像是川省人。』

如果沒有更多新資訊，可以確定，這真的是一個團體副本。來自天南海北的大學生，以寢室為單位被傳送進這場考試，共同完成一個任務。

第一次接觸團體副本，又一口氣見到這麼多人，說不激動是假的。

『如果把單人也算上，這裡應該總共有六間寢室，所有人都很警惕，她們都有通關考試的經驗……除了歐若菲。』講到這裡，張遊頓住了，她還有一句話，不知道該怎麼說：『還有一件事，但我不太確定……』

唐心訣卻彷彿能聽到她的心聲，替她補上了後面的話：『所有人數小於四的寢室，全都折損過室友。』

不僅僅是人數太少的問題。

從沒在副本中直面死亡的人，和剛剛經歷過身邊人死去的人，氣質和狀態會有差別。她們寢室雖然飽受考試摧殘打擊，但四人至今仍全員存活，至少心態上還是朝氣蓬勃。另一個四人團雖然小心翼翼沒什麼存在感，也同樣如此。

然而剩下的女生，除了歐若菲之外，每個人身上都有或多或少的陰鬱，以及過分強烈的攻擊性。

或者說，是強烈的自我保護意識。

思緒紛湧間，洗手間內景象已經映入眼簾。

積著厚厚汙垢的牆壁，只能從縫隙看出原本的白色。地面只有一半鋪了磚，另一半竟還是水泥地，地上堆著沒人收拾的垃圾桶。

但最髒的地方還是洗手檯——水槽內已經被泡麵碗等垃圾塞滿，槽水裡混合著湯料零食包，培育著無數細菌與蛆蟲，發出刺鼻氣味。

饒是已經在走廊裡提前適應，乾嘔聲還是此起彼伏。

「我真的，嘔——妳們需要衛生紙嗎，我這有嘔——」

五號掏出兩張衛生紙，以為張遊和唐心訣不堵鼻子是因為沒衛生紙。

唐心訣謝絕：「氣味有時也是一種線索。」

五號一愣：「這話是沒錯，但妳們怎麼忍住的？」

與其被熏到胃酸逆流，她還是選擇堵鼻子。

話一出口，五號又覺得自己多此一問。

人外有人山外有山，有的人敢和鬼門縫對狙，也有人能在極端環境裡行走自如，羨慕也羨慕不來。

然而剛剛自我安慰，一轉頭的功夫，她卻看見張遊與唐心訣對視點頭，然後套上一雙橡膠手套，伸進洗手檯開始翻找。

5號：？？？！！！

後面四人全部驚呆了。

她們雖然有了大掃除的心理準備，卻沒想到對方開始得這麼果斷且猝不及防。

沒過幾秒，唐心訣從泡麵碗中掏出一張皺巴巴的硬紙片，沖洗後看清上面的字眼：

『9.8 檢查衛生大掃除打掃規則……檢查時間……』

剩下的字糊成一團難以分辨，紙張只有半份，另一半不知所蹤。

看見這張紙，眾人頓時明白過來：垃圾裡有線索！

線索高於一切，幾人立刻二話不說，擼起袖子就開始掏垃圾。

五分鐘後，張遊找到第二個線索。

她不知用什麼方法，直接拆開了生鏽的水龍頭，在裡面找到紙片的下半部分。

『九一七寢室大掃除任務分配：寢室公共空間（8人）、走廊（4人）、洗手間（4人），按照床位號碼順延。』

「按照這個排序，我們幾個負責寢室內部。」

唐心訣和張遊都沒藏著，直接把發現的線索給所有人看。

十號有些悚然道：「如果我們現在已經開始大掃除，算不算違反了任務分配規則？違反規則會有懲罰嗎？」

「可能會有變故或者危險。」

唐心訣和張遊對視一眼，「我們先把這個消息告訴還在九一七的同學，讓她們別輕舉妄動。」

兩人默契地沒有透露精神異能，而是打開APP的呼叫功能，用電話形式把資訊告訴了寢室裡的郭果和鄭晚晴。

郭果在手機另一端鬆了口氣，『還好我們還沒開始打掃。我們在寢室裡也找找吧，說不定也有線索。哦，妳問剛剛歐若菲大喊？沒事，那就是個誤會。等妳們回來再詳細說。』

誤會？

唐心訣沒再多說，掛斷電話後言簡意賅：「這裡應該還有更多線索，我們儘快找出來。」

張遊點點頭，從口袋裡掏出了一雙、兩雙……整整四雙手套，交給眾人，「這個妳們先用著。」

有手套在，既是一層保護，也能幫助克服心理障礙。

收下手套，四人感激之餘又有些意外。五號、六號最心直口快：「謝謝妳們，在腦力上我們可能幫不上太大忙，但如果遇到危險可以第一時間叫我們，我們三個的異能剛好克制鬼怪。」

目前只知道五號、六號都是火焰異能，殺傷力非常可觀。雖然不知道十號的能力是什麼，但由此來看，應該也不差。唐心訣應下這份道謝，忽地開口：「妳們有親戚關係？」

張遊一怔，仔細看過去才發現，五號和六號眉眼真的有幾分相似。只是高矮和衣服不同，乍一看根本聯想不到血緣關係上。

「對呀，這都被妳看出來了。」五號笑起來，露出兩顆虎牙：「我和我姐、表妹，從小學就在同一個班級，高中大學都是同一個寢室。現在不僅生存遊戲一起闖關，連異能都覺醒同一種！」

她不再懷疑唐心訣幾人的身分，褪去警惕後露出話撈本質：「不過我們兩個長得不太像，妳還是第一個剛見面就看出來的，嘿嘿。」

六號無奈：「行啦，妳少說兩句，別耽誤正事。」

五號撇嘴：「我才說了兩句，第一次看到活人還不讓我說話，我都快憋壞了。對了，還沒自我介紹呢。我們是北市師大的學生，我叫……」

「砰！」

洗手間的門突然毫無徵兆關合，打斷了五號的聲音

幾人一驚，最靠近門的七號下意識就要去推，被唐心訣搶先一步拉回來：「別靠近！」

說時遲那時快，門縫裡忽然鑽出幾隻黝黑的甲殼飛蟲，一隻接著一隻，轉眼化作烏泱泱一大群，直奔眾人飛來！

五號、六號毫不猶豫按下「玩具槍」扳機，火舌吞沒飛蟲，嗡嗡叫聲和甲殼燒灼的劈啪聲不絕於耳。

「依舊是之前九一七門外那幫東西的報復。」

唐心訣撚起幾隻飛蟲屍體，輕輕一捏便化作粉末，下一秒又升起一縷黑色煙霧。

唐心訣心頭一跳，立即提醒：「別用火，這種蟲子燃燒會生成大量的煙！」

五號、六號很快收手，然而晚了一步。只見火焰消失後，一股黑色煙氣飛速騰升擴散，瞬間遮掩了眾人的視野。

「咳咳咳，我現在什麼也看不清了。」

張遊後退兩步，黑煙使她眼睛酸痛淚流不止，只能先擰開水龍頭洗眼睛。

唐心訣抽出馬桶吸盤，橡膠頭裡噴出的水能擊落空中飛蟲，黑煙亦會減少一點，殺蟲劑也能起到同樣效果。

她明悟提醒：「這次不能用火，應該用水。」

最初慌亂過後，幾人很快穩住陣腳，一邊撲打四周飛蟲一邊潑水清理黑煙。沒過多久，空氣忽凝氣溫驟降，幾人立刻高度警戒：冰冷往往代表鬼怪出現。

「別攻擊，這是我室友的異能！」

五號於黑霧中高呼解釋，聲音降落在冰冷空氣，無數水滴從空中灑下，籠罩了整塊空間。

「人工降雨」效果立竿見影，黑霧很快被衝擊一空，和著飛蟲劈里啪啦掉落，在地面匯聚成黑漆漆一灘。

十號喘息著放下手，雙手手指有一閃而逝的藍色，轉眼又恢復正常。

水系異能，攻輔兼備。

一個寢室三人覺醒攻擊異能，全是強輸出，怪不得遇到鬼怪也不怕。

張遊有一絲羨慕，不過很快收心查看地上蟲屍，確認不會再產生危害後，拿出密封袋分揀一部分保存起來。

以防萬一，畢竟這次考試結束，她的異能召喚出任何「東西」都有可能。

與此同時，唐心訣已經推開洗手間的門，外面空空如也，沒有任何身影。

「他們也就這點出息了，躲在背後搞偷襲，見不得人的東西。」七號冷冷啐了一聲，用衛生紙裹住被蟲子劃傷的手，拒絕其他人幫助。

「是我自己無能才受傷，這次不長記性，下次還會受傷。妳們把幫助留給有用的人吧。」

七號獨自走開，繼續搜尋線索。

「感覺很不好說話的樣子……」五號嘟囔兩聲，看見大家都在忙碌，連忙加入工作。

好在現在是七點二十，距離十一點還有很久，肯定來得及。

九點整，五號蹲在地上，虛弱地吐氣。

「太難了，我真的沒想到找東西竟然這麼難。」

哪怕她們已經克服了心理陰影，在臭氣熏天的角落埋頭苦找，到現在加上唐張兩人最初找到的一份完整版，總共只有四條線索。

『宿舍清潔要求：桌椅地面床鋪整齊無灰塵，牆壁不得有裝飾物，垃圾桶不得有垃圾，桌面不得放置雜物，洗手間不得有汙漬，洗浴區不得放置洗浴用品。』

『衛生檢查時間：中午十一點至下午十二點。檢查人員當場打分，有扣分一律視為不合格。』

『不合格懲罰規則：寢室全員禁閉一天。』

「我感覺好像找不出更多提示了。光是清潔要求這一項，兩個小時我們可能都弄不完。」

十號也累得腿發軟，主要是洗手間實在太髒太臭，想休息一下都無從落腳。

幾人紛紛同意，她們自覺已經把廁所翻得澈澈底底，實在想不出還能有什麼地方藏線索。

唐心訣環顧一圈，眉心緩緩蹙起。

『妳有感覺到什麼異常嗎？』張遊的聲音從腦海傳來。

『我感覺，這裡還有提示……可能是一個很重要的提示。』

只不過她們還沒找到。

其他人已經原路返回，準備與寢室內的人交流情況。洗手間只剩下唐心訣二人。

「有刀嗎？給我一把。」唐心訣忽然開口。

張遊從儲物戒中找出一個美工刀和一把削皮刀，都被拒絕了。

「有沒有更大一點的，和刀一樣鋒利的？」

張遊思考兩秒，打了個響指：「有。」

然後她打開口袋，抽出一柄從瑪雅斯奶奶家廚房順走的小型金屬鍋鏟，「這個可以嗎？」

「可以。」

旋即，閃爍著寒光的鋥亮鏟子被用力杵進牆面，緩緩向上刮——

沾附在牆壁上的厚厚一層汙垢，就像沒糊好的油漆，一層層掉了下來。

牆面上露出一幅小型海報，非主流的明星像下印著兩個誇張唇印，旁邊用馬克筆寫了幾句抒情標語，看起來沒什麼資訊。

目光下掃，唐心訣注意到海報右下角微微翹起，露出一點不對稱的黑色。借著這一角，整張海報能由下至上從牆上撕開。

撕開後，一張緊貼牆面的黑紙躍入視線，紙上鮮紅的字跡粗大醒目：

不要留在這裡，他們都是騙子！

快逃！

第十一章　記憶

九一七宿舍。

淒厲尖叫聲盤旋不散，聲音來源則是屋子盡頭兩個瑟瑟發抖的女生。

歐若菲指著自己床頭驚恐尖叫，阿念被她嚇到也失聲尖叫，兩重高音層層遞進，震得整間屋子隱隱有些晃動。

「別喊了！發生什麼了？」最先過來的是三號珂珂。

歐若菲身形不穩差點跌倒，結結巴巴道：「她她、我、我床上！血！」

她哆哆嗦嗦指向浸滿血紅的床單。

阿念緊跟著點頭，「沒錯沒錯，我就說有血吧，妳們都不相信我！」

她沒說謊，一開始床上血跡一閃即逝，的確不明顯。但是現在兩張相鄰的床頭都鮮紅一片，可以說無比醒目，想忽視都不行。

珂珂分開她們兩人走過去，伸手摸了一把，涼颼颼道：「妳們傻嗎？這不是血，是番茄醬。」

阿念憤怒：「妳騙我，我又不是小孩子了！」

歐若菲也不信，甚至覺得對方是心存偏見故意這麼說的，帶著哭腔喊：「這明明是血，妳不能——啊啊啊妳拉我幹嘛？」

被珂珂一把拉過去，歐若菲頓時像隻被捏住脖子的小雞一樣驚慌失措撲騰起來，然而力氣懸殊，毫無反抗之力被拎到床邊，被迫伸手壓到床單上。

黏糊冰涼的觸感令歐若菲更害怕，連忙閃電般縮回手，想擦掉手上的血液。

然而擦了兩下，她的動作變得有些遲疑，因恐懼而扭曲的面孔慢慢呆滯，最後試探性把手放在鼻子前聞了聞——真的是番茄醬？

珂珂又轉頭去掀十六號床阿念的被子，摸了一把：「還是番茄醬。」

阿念：「啊？」

她吸了吸鼻子，暈乎乎走過去一聞，眼睛登時瞪圓：「怎麼會呢？太奇怪了，明明剛剛就是黏稠又可怕的血啊！」

珂珂訓斥她：「妳自己都知道血是可怕的，還喊別人過來看，把人嚇暈怎麼辦？」

「對、對不起……」

蔣嵐走過來，端詳兩張床上番茄醬的位置和分布：「可能是光線原因，從較遠的位置上看，的確很像血的顏色，走近看就不同了。」

「可是，床上怎麼會莫名其妙出現番茄醬？」遠處不敢靠近的其他女生提出疑問。

「有可能是來自門外那些冒充者的惡作劇，也有可能是考試用來搞我們心態的東西。」珂珂聳肩：「床上要是真的有血，還能分析個一二，但番茄醬怎麼分析？總不能是想用番茄醬把學生噎死吧？」

番茄醬能不能噎人不知道，其他人是被三號噎得說不出話，只能悻悻離開。

兩名受驚嚇當事人不幸成為了三號的陰陽怪氣對象，「我要是鬼怪想殺妳們，都不用攻擊，只需要把妳們兩人關在一起，妳們就可以自己把自己嚇死了。」

歐若菲、阿念：「嗚……」

「行了珂珂，別說了。」蔣嵐打斷三號的嘲諷，將她叫過去低語了幾句。

歐若菲不知道她們兩人說了什麼，只一邊抹眼淚一邊看到接下來蔣嵐走向其他四人，禮貌問道：「不好意思，我們能不能上妳們床鋪看一看？」

她指的是十三號和十五號的床。

四人有些猶豫，十五號還沒說什麼，十三號忽然搖頭，強烈拒絕：「不行，不能上我的床！」

見十三號態度強硬，十五號也附和著搖頭，拒絕了蔣嵐。

珂珂站在兩個上下鋪中間，沒好氣道：「就看一眼又不會偷妳們東西，怕什麼？再說，妳們就沒動腦袋想一想，番茄醬是從牆上從上往下流的，它的源頭是哪裡，這兩個笨蛋的上鋪是誰？」

四人一抖，呼吸聲不禁急促起來。十三和十五號喘得特別厲害，最後十三號妥協：「不用妳們，我自己看。」

在幾人注視下，十三和十五號順著爬梯上了床，仔仔細細檢查一圈，紛紛搖頭：「沒有番茄醬。」

「除了番茄醬，其他異常呢？」蔣嵐追問。

得到的答案同樣是沒有。

那就只能不了了之，幾人暫時擱置這件事，開始按照唐心訣打來電話講的那樣，尋找房間內的線索。

一晃到九點，寢室被翻了個底朝天，最後只得到一捆黑色大垃圾袋、兩個拖把、兩把掃帚，還有一些清潔用品。

唯一的文字線索，是一張被撕成碎片的《校風校紀》，拼好後依稀能看清原來的字樣：

『走廊交談扣2分，裙不過膝扣2分，私藏手機扣5分，聚眾聊天扣3分……』

『不經審批離開宿舍扣10分，談戀愛扣15分，不遵守學生會、舍監及教師要求扣20分……』

『每扣1分，罰款500，禁閉一天。一次性扣5分以上禁食兩天……』

「這什麼破規定？」三號讀著讀著就開始罵人：「這是什麼大學，女子監獄聯名大學嗎？這裡面的學生是犯人重新讀書？還是在校高層家殺人放火了，才被關進這個破集中營？」

除此之外，透過校紀還能得知，宿舍裡沒有專門的垃圾房——學生甚至不能自由上下樓，只能由每週來一次的清潔工將走廊裡的垃圾袋收走。

「根據宿舍垃圾的數量，清潔工應該至少有半個月以上沒來了。」

蔣嵐認真閱讀資訊時，寢室門被推開，灰撲撲的走廊搜查隊回來了。

三號脫口而出：「妳們這是去挖煤了？」

「被暗算了，一言難盡。」五號擺擺手，把口袋裡的四條線索珍惜拿出：「這是我們在洗手間找到的線索。」

這些線索合起來，對應了考試目前展現出的任務關卡，初步勾勒出考試的輪廓。

此刻距離檢查還有兩小時，事不宜遲，眾人立刻開始分配清潔工具，正式開始大掃除。

郭果和鄭晚晴見唐心訣兩人遲遲沒回來，憂心忡忡跑到走廊查看，正撞上二人。

「情況如何？」

唐心訣搖搖頭：「有點棘手。」

兩人倒吸一口冷氣。

如果連唐心訣都認為棘手，那副本難度……

時間不允許她們多想，她們先清理完自己的床鋪，然後到各自崗位上開始清掃垃圾。光是把雜物垃圾收到垃圾袋裡這一步，就用了整整半個小時。

「如果我是妳，我就把所有書桌、櫃子、衣服全部扔進垃圾袋，連床也扔進去。」

三號擰著手腕：「在我的觀念裡，它們全都是垃圾。」

阿念氣喘呼呼把洗手間垃圾扔進大袋子，捏著鼻子綁緊：「不可以說這種喪氣話珂珂。生活在這裡的學生又不能決定學校的規則和環境。我相信如果她們在正常的宿舍裡生活，一定不會弄得這麼亂……這些衣服她們可能也很珍惜呢。」

三號笑了，幫她綁好袋子扔到走廊：「我們現在生活在這裡，不就是這裡的學生嗎？」

阿念認真反駁：「不是哦，考試介紹裡說，我們是被送過來體驗生活的。」

三號不以為意，反倒是在旁邊拖地的蔣嵐一頓，似乎想到了什麼：「妳說的沒錯，我們本質上並不是這個學校的學生，這個寢室充斥著原本的生活痕跡，也不是我們的寢室。」

「那麼，這間寢室原本的十六名學生，去了哪裡？」

她正站在原地思索，另個拖把忽然出現在視線裡，唐心訣朝她點頭示意：「寢室裡我已經拖好了，把拖把給我，我們換下一個任務吧。」

看著眼前女生清瘦的臂膀，蔣嵐下意識搖頭：「不了，拖把太重，我來拿吧。」

話音剛落，蔣嵐就有些莞爾，意識到自己在第一印象驅使下，說了句違和的話。

從唐心訣一腳踢飛骷髏來看，怎麼也不可能是拿不動拖把的小力氣女孩。只是第一眼弱不禁風的印象莫名深刻，甚至影響到她的潛意識，面對唐心訣時情不自禁有一種幫扶弱小的擔憂感。

唐心訣微笑起來：「沒關係，眼中所見的資訊一旦形成印象，我們很容易習以為常，以至於忽略這個資訊的反面，不是嗎？」

蔣嵐將拖把遞過去，沙啞的聲音道：「思考誤區。我努力謹慎思考問題，但還是免不了會陷進去。考試經常會利用我們這種特點，布下一個又一個死亡陷阱。」

「所以為了防止踩坑，我經常對一切保持懷疑態度。」唐心訣遞過來一塊抹布：「無論是明確的還是隱晦的，是提示還是規則。尤其是親眼看到的景象。事實證明，考試裡給出的資訊往往一大半是在胡說八道，真正危險蟄伏的地方，就是它想讓我們做的事。」

蔣嵐若有所思。

片刻後，她接過抹布：「但是，至少有一些事情我是不會懷疑的。比如我的室友，還有我已經確認過的隊友。」

她抬起頭，褐色的眼睛注視著唐心訣：「就像現在，我相信妳，所以也同樣相信妳給出的資訊，這一點無需懷疑。」

『明明妳們說的都是中文，我卻一個字都聽不懂。』

鄭晚晴一邊擦櫃子，一邊在腦海裡懷疑人生。

郭果：『大小姐妳懂什麼，這叫高手過招招招致命……其實我也沒聽懂。訣神，四捨五入一下，蔣嵐瞭解我們的意思了嗎？』

唐心訣：『應該差不多瞭解了，但不能說的太明確，畢竟我們不能確認在那個環境說話是否安全，而且也沒有證據。如果蔣嵐想瞭解更多，會來找我們的。』

張遊微微嘆氣：『如果我反應的再快一點，提前把那張紙拍下來好了。』

當時在洗手間裡看到那張黑紙紅字，兩人感到驚詫。然而就在下一秒，整張紙忽然飛速腐爛，眨眼便只剩下一團和牆壁汙垢沒什麼差別的焦黑，沒留下任何證據。

唐心訣安慰：『紅字語焉不詳，就算留影也未必能代表什麼。』

「他們都是騙子」——騙子指的是誰？

是校方、衛生檢查人員、冒充者……還是指其他學生？

「不要留在這裡」——這裡指的又是哪裡？

是洗手間、宿舍、學校還是副本？

更重要的是，寫下這句話的人是什麼身分，這決定了這句話的立場與真實性。

唐心訣推測：『我認為很大機率，留言的人是這裡原本的學生。』

只有曾經真切生活在這裡，又被嚴苛規矩限制的人，才比較符合在明星海報背面藏血書提示的特徵。

張遊補充：『如果是這樣，那她控訴的很可能是校方。會不會衛生檢查其實是一場騙局？』

郭果打了個哆嗦：『謝謝，我已經想出十個恐怖故事了。如果等等要打架，記得提醒我妳們所在的位置，我好飛奔過去。』

畢竟她只是一個輔助，落單必死無疑啊。

唐心訣笑道：『不用太擔心，如果很快就能揭露真相，甚至直接正面對戰，反而比長時間拉鋸要好。』

當然，還有後半句她沒說：關於這場考試的預感，恰恰滑向了最棘手的一種可能性上。

十點三十分，基本清掃完成。

「張同學，我幫妳拿拖把吧。」

「張同學辛苦了，我幫妳洗抹布。」

「張同學、張同學，需要幫妳把外套洗一下嗎？那我把妳手套洗了啊。」

短短一個半小時，整個寢室的中心赫然落在張遊身上。甚至連不嘲諷就不會說話的三號都好聲好氣，殷勤地遞空氣清新劑給張遊。

無它，只因張遊的清理能力實在太強，速度比其他人綁在一起還要快。而且她清理過的地方，整潔程度明顯和別人不是同個層次。

「幫我疊三個椅子，我擦一下風扇和吊燈。」

張遊從門上跳下來，留下眾人對著宛如翻新的寢室門嘆為觀止。

「吊燈會不會難度太高，太危險了呀，我和若菲幫妳扶著。」阿念十分擔心。

「相比之下，我感覺還是妳們兩個在的地方比較危險。」三號無情吐槽。

阿念：qwq。

堆了整整十個大垃圾袋後。眾人按照清掃規則，一一對照細細整理。

垃圾桶不能放垃圾、桌面不能放雜物、洗浴區不能放洗浴用品……最後一切忙完，剛好十點五十五分。

「我這輩子都不想再大掃除了。」

五號、六號互相攙扶著勉強站起來，打起精神。

掃除只是先行條件，更重要的還在衛生檢查這一部分。

隨著分針一點點走動，眾人的心也緩緩提起。

「叮——」

十一點整，走廊忽然暗了下來。

沒有人影，聲音，也沒有任何提示。

走廊還是那個四面封鎖，沒有樓梯和任何出入口的走廊，看不見任何變化的跡象。

唐心訣皺起眉，她正要與室友交流，腦海裡忽然「嗡」一聲，緊接著一股難以形容的混亂感來勢洶洶籠罩識海！

——「從今天開始，妳們就住在這裡了。十六人宿舍，寬敞豪華，費用只多出兩倍，妳們這群學生真占大便宜了。」

——「畢業？放心，我們學校是正規有執照的，妳只要繳錢，保證和其他大學沒有任何區別。」

——「教學大樓還在翻新，暫時不上課，要什麼教材……醫務室老師請假了，妳們多喝熱水吧。」

——「回家？不行，校規中說的清清楚楚，非特殊節假日不能出校。不允許頂撞老師！關禁閉！」

——「食堂最近設備壞了，這幾天就不送飯了。妳們按照學校價格買泡麵吃吧。」

——「清潔工？上個月不是來過了嗎？不是吧，妳們自己沒手沒腳啊，居然還要靠清潔工伺候妳們？」

——「看到她的下場了嗎？再讓學校發現妳們偷偷用手機聯絡家裡，這就是未來的妳們。」

——「當然，妳們放心，我們學校是有執照的正規大學，只要妳們按時繳錢，安分待完四年，保證妳們既有畢業證書又有學歷，能在社會上正常找工作……」

——「……等等，這是什麼？這是什麼東西？」

模糊的霧氣在刺耳叫聲中緩緩被剝開，唐心訣忍住腦海刺痛調動精神力，將這些突兀刺入的聲音和混亂畫面牢牢記住。

最後，畫面漸漸清晰，一個髒臭不堪的寢室出現在「視野」裡。

看不清面貌的女生們在尖叫哭泣，穿著正裝的中年男女驚慌失措。寢室門外，濃稠黑霧蔓延而來，逐漸吞噬一切。

他們鎖上門，卻後知後覺他們設計的宿舍沒有窗戶——這是一個沒有任何出口的封閉空間，從此將永遠封閉，再也沒有重見天日的機會。

驚駭欲裂的嘶吼中，畫面陡然收縮消失。唐心訣猛地睜眼，涔涔汗水落在手心。

她依然站在這間寢室，旁邊是十五個先後驚醒的女生。眼前沒有腦海畫面中的黑霧，也沒有檢查衛生人員的身影。

唯有在門口的地面上，孤零零擺著一個白板，板上用紅筆寫著三行字——

檢查人員：學生會。

檢查結果：不合格。

懲罰結果：禁閉一天。

「快看，APP上的考試資訊發生變化了！」

照著郭果的提示看去，只見手機螢幕上，在原本的資訊下方多出一行字：『第一天的衛生檢查失敗，你們被罰禁閉。但沒關係，體驗生活總是會發生意外，這將會成為大家學習生涯中有趣且難以忘懷的記憶。』

『今天，是你們在九一七宿舍的第一天。』

「先別慌。」唐心訣撿起白板，安撫驚悸的眾人。

驚慌不能解決問題，現在情況資訊量太大，她們需要一一捋清楚。

「首先可以肯定的是，我們沒有通過衛生檢查。」

白板上的判定鮮紅刺眼，宣告眾人失敗。

但出乎她們預料的是，伴隨失敗的並沒有死亡條件或是怪物攻擊，只有一個籠統的

「禁閉懲罰」。

「其次，透過考試資訊提示能猜出，明天還會有第二場檢查。」

唐心訣將螢幕上的資訊反覆看了好幾遍，才放下手機，「所以現在要搞清兩點。」

「一，這次我們為什麼沒合格；二，如何安全等到明天檢查。」

接受現實後，眾人心情複雜。

忙碌緊張一上午，結果竹籃打水一場空，還要面對接下來未知的禁閉，任誰都難免失望。

但往好處想，整個過程除了一點騷擾，竟沒有遇到任何危險。十六個人全鬚全尾站在這裡，任務要求亦不緊迫，已經比她們經歷過的大多數考試都要安全了。

「對了，妳們有看到檢查人員嗎？」十一號開口問。

「別提了，我剛剛眼前一片漆黑，腦袋嗡嗡聽到很多模糊聲音，再然後疼得差點昏倒，一睜眼就是現在了。」十一號的幾個室友一臉沮喪。

眾人的回答大同小異。在十一點整，所有人都被拖入一段不屬於她們的記憶，或者說是幻覺中，等清醒過來一切已經結束，連半個「學生會」的影子都沒看見。

「這就奇怪了。」蔣嵐自言自語：「檢查人沒出現，代表著沒有危險嗎？」

被各種線索反覆強調的「衛生檢查」，本以為會是最危險的一刻，可卻這麼猝不及防的結束，連提示都沒留下，讓她們想改也無從下手……

不，有提示！

蔣嵐忽然一拍手：「我們把在幻覺中聽到的話都記下來吧，說不定裡面就有原因！」

「啊？」

十一號和室友互相對視，四人均一臉茫然：「妳們還能聽到完整的語句？我們只聽到了莫名其妙的雜音啊。」

唐心訣驟然抬眼，與蔣嵐驚訝的視線交匯，似乎明白了什麼。

十分鐘後。

由張遊從口袋物資裡貢獻出幾張紙，所有人把剛剛在腦袋裡感受到的一切寫成文字，竟然只有十個人寫出內容。

這些紙拼湊在一起，唐心訣一眼掃過去，得出了對照結果：從十一號到十六號，沒聽到任何清晰語句，只有模糊的聲音，也提煉不出任何有效資訊。

從十號開始，女生能聽出隱約的對話聲，記住幾個字眼，但是連不成句子，也分不清說話對象……包括張遊在內一直到五號，都是如此。

唯一的例外就是郭果，或許是因為有陰陽眼加持，她雖然聽不太清楚，卻能「看」見畫面，並且簡單地畫了下來。

能清晰聽到幻覺裡的聲音，並完整記下來的，只有四人。一號床唐心訣、二號床蔣嵐、三號珂珂、四號鄭晚晴。

而四人中，見到畫面的只有唐心訣一人。

唐心訣微微皺眉，將對畫面的回憶和猜測暫時壓下，開始拼接現有資訊。眾人的記憶拼湊起來，形成一段完整的回憶。

回憶的主體，是一群未知姓名的女生。

她們因升學考失利，於是花了很多錢來到這所大學——一所宣稱執照齊全的正規大學，在開學第一天便被安置在這間九樓末尾的大型寢室裡，並被收走了手機和所有電子產品。

寢室擁擠且簡陋，不僅陰冷不堪，每個晚上還會聽到八樓順著地板傳上來的幽幽哭聲，讓她們心悸難安。

慌亂之中，女生也想與其他寢室的人交流。這棟大樓除了她們之外，還有九一九與九二一兩間女生寢室……但不知為什麼，其他學生整日待在寢室內，遇見了也如同行屍走肉，難以溝通。

女生們越來越害怕了。

一開始面對她們的疑問，校方會派人安慰。但是隨著時間過去，許諾的課程遲遲沒開始，她們被嚴苛的校規困在寢室裡，除了一日三餐寸步難行。

難以忍受的女生們與校方人員爆發爭執，很快便遭到前所未有的可怕懲罰：一場曠日持久的禁閉。

樓梯被從外封鎖，所有人被困在不見天日的寢室裡，每天只有短暫的時間允許上廁所。為了不被餓死，她們只能用高昂的價格從幾個自稱學生會的學長姐手裡購買泡麵和零食，飢腸轆轆渾噩度日。

懲罰結束，眾人形銷骨立，再也不敢抗議。

她們只想走到外面看一眼，哪怕只是一秒的陽光……所有人殷切擠在前來訓話的教職員和舍監面前，目光則落在走廊遠處，屬於樓梯口的方向。

太久沒有出去，她們甚至已經有點忘記了樓梯的方向和模樣，這條走廊在她們眼中宛若一座四面堵死的監獄，壓抑得令人喘不過氣。

教職員仍在訓話：「當然，妳們放心，我們學校是有執照的正規大學，只要你們按時交錢……保證妳們既有畢業證又有學歷……大概下個月左右，妳們會有一批新同學進來，就住在空置的九一九和九二一，到時妳們要好好做榜樣，明白了嗎？」

被磨到遲鈍的感官有所反應，女生們露出迷惑神情：「九一九和九二一……空置？裡面不是有同學在住嗎？」

教職員高高挑起眉，宛若在看一群瘋子：「放屁，九樓只有妳們一間寢室有人，其他兩個寢室的學生在去年就已經死……畢業了，妳們做什麼夢呢？」

女生們說不出話來，冷汗爬上她們的脊背。

她們的視線不由自主越過教職員的身後，看向九一九和九二一寢室……原本正常的木門不知何時積上厚厚塵灰，下一秒，門悄無聲息打開，一個又一個蒼白臉龐貼著牆面。

無數次與她們擦肩而過的女生們面無表情，黑斑遍布皮膚，僵硬的嘴緩緩張開：不要相信……離開……快逃……

恐懼攥住她們的心臟，甚至超出了教職員們惡狠狠的斥罵，可她們沒能發出尖叫聲，也沒能邁開腿。

——因為另一個更加恐怖的場景，出現在她們眼前。

記憶停在這裡，郭果虛脫地一屁股坐在地上：「我實在看不清後面發生什麼了。」

到現在為止所有有畫面的描述，都是郭果的成果，但她的全部記憶到此為止，並沒看到回憶的結局。

這間寢室「原本的學生們」到底看見了什麼，比親眼見鬼還可怕？

唐心訣沉聲開口：「是黑霧。」

「在記憶的最後，她們看到一片黑霧從走廊盡頭飄了出來，黑暗吞噬了一切。」

無論是隔壁寢室的鬼、教職員，還是記憶中的學生們，全部被突然出現的黑霧吞噬，這就是記憶的結局。

蔣嵐重重嘆了口氣：「這麼看來，並沒有和衛生檢查相關的資訊，反而是關於這所學校和宿舍的背景，考試想告訴我們什麼？」

珂珂冷聲開口：「我只知道，這座野雞大學和所謂校方人員，是一群投胎時從畜生道溜進人間的畜生。指望它們讓我們檢查及格？不如指望畜生成精更可靠。」

郭果關注點則在另一方面：「很明顯啊，考試想告訴我們九一九和九二一都有鬼！活生生的鬼啊！」

張遊眉頭緊鎖：「關禁閉是一個非常考驗人忍耐力和物資存儲的懲罰，透過回憶來看，十六個人所需的進食總量非常大，這是我們今晚要面對的問題。」

每個人從回憶中讀出的問題和著重點都不一樣。

蔣嵐轉頭看向唐心訣：「妳覺得呢？」

唐心訣腦海中又一次閃過吞噬一切的濃稠黑霧，但理智和直覺都告訴她，這一幕很可能與考試內容無關。

這是她用精神力感受到的，而從健康值的下降來看，遊戲並不想讓她知道。

於是她轉移目光，看向其他資訊。

「考試所有的資訊都可以歸結為兩類：一是想讓我們死，二是想讓我們活。」

「既然我們現在沒有觸發死亡條件，那麼這段資訊裡給出的，就是我們的生路。」

「而生路同樣可以分為兩種，一種是尋找答案，一種是規避危險。」

蔣嵐眸光一亮：「沒錯……考試不可能沒有危險，表面安全下反而可能是更加難以預測的隱患。我傾向於後者，記憶是幫助我們規避危險的提示。」

她絕不相信，考試會輕鬆讓她們等到明天的檢查。這個夜晚絕對不會風平浪靜。

唐心訣點頭：「所以，接下來我們要面對的危險，就在埋藏在這段記憶裡。」

找到它，就能活下去。

而活著，就是通關的前提！

——《宿舍大逃亡03公路旅行須知》完——

——敬請期待《宿舍大逃亡04衛生突擊檢查》——

高寶書版集團
gobooks.com.tw

YS 043
宿舍大逃亡 03 公路旅行須知

作　　者　火　茶
責任編輯　吳培禎
封面設計　單　宇
內頁排版　賴姵均
企　　劃　何嘉雯

發 行 人　朱凱蕾
出　　版　英屬維京群島商高寶國際有限公司台灣分公司
　　　　　Global Group Holdings, Ltd.
地　　址　台北市內湖區洲子街88號3樓
網　　址　gobooks.com.tw
電　　話　(02) 27992788
電　　郵　readers@gobooks.com.tw（讀者服務部）
傳　　真　出版部(02) 27990909　行銷部 (02) 27993088
郵政劃撥　19394552
戶　　名　英屬維京群島商高寶國際有限公司台灣分公司
發　　行　英屬維京群島商高寶國際有限公司台灣分公司
法律顧問　永然聯合法律事務所
初版日期　2025 年07月

原著書名：《女寢大逃亡》由北京晉江原創網絡科技有限公司授權出版。

國家圖書館出版品預行編目(CIP)資料

宿舍大逃亡. 3, 公路旅行須知 / 火茶著. -- 初版. -- 臺北市：英屬維京群島商高寶國際有限公司臺灣分公司, 2025.07
　　冊；　公分. --

原簡體版題名：女寢大逃亡

ISBN 978-626-402-305-4(平裝)

857.7　　　　114009348